BIBLIOTHÈQUE DES ÉCOLES ET DES FAMILLES

L. D'AVEZAN

MÉRITES OBSCURS

OUVRAGE ILLUSTRÉ DE 35 GRAVURES

PARIS

LIBRAIRIE HACHETTE et Cⁱᵉ

79, BOULEVARD SAINT-GERMAIN, 79

MÉRITES OBSCURS

Tous deux revenaient ensemble à la maison.

BIBLIOTHÈQUE DES ÉCOLES ET DES FAMILLES

LÉON D'AVEZAN

MÉRITES OBSCURS

OUVRAGE ILLUSTRÉ DE 35 GRAVURES

PARIS
LIBRAIRIE HACHETTE ET Cⁱᵒ
79, BOULEVARD SAINT-GERMAIN, 79
1905

A MA FILLE CHÉRIE

LÉON D'AVEZAN.

MÉRITES OBSCURS

I

LA FAMILLE CARRIER

Dans la salle basse d'un petit pavillon situé au fond d'une cour de la rue de Ménilmontant, une femme de trente-cinq ans environ raccommodait des hardes.

Absorbée par son ouvrage, Mme Carrier ne levait même pas les yeux sur le jardin, moitié verger, moitié potager, qui s'étendait devant la maison et dont les arbres commençaient à se couvrir de feuilles.

Un rosier chargé de fleurs grimpait le long de la façade fraîchement recrépie sur laquelle se détachaient de petites persiennes vertes.

L'intérieur du pavillon ne démentait pas les promesses de l'extérieur ; il contenait peu de meubles, mais tout était d'une propreté hollandaise qui réjouissait l'œil.

A quatre heures cinq, un coup de sonnette retentit. Mme Carrier alla ouvrir et trois enfants pénétrèrent dans la salle.

Le plus jeune, un petit bonhomme de sept ans, sans même se débarrasser de son carton d'écolier, courut vers une assiette où s'étalaient trois belles tartines de raisiné; mais sa sœur aînée, Marie-Louise, une fillette de douze ans, l'arrêta net :

« Eh bien, Joseph, tu oublies donc qu'il faut laver tes mains. »

En entendant ces mots, Joseph abandonna le raisiné.

Marie-Louise l'emmena ainsi que sa sœur Nathalie, âgée d'environ neuf ans. On revint ensuite attaquer les tartines de raisiné qui disparurent jusqu'à la dernière miette.

Le goûter fini, chacun se mit à la besogne : Joseph et Nathalie allèrent cueillir des légumes, les épluchèrent dans la cuisine et mirent la soupe en train.

Marie-Louise s'assit auprès de sa mère et l'aida à raccommoder.

La mère et la fille travaillaient sans parler et, sur le visage habituellement grave de Mme Carrier, on remarquait une expression plus grave encore, presque triste.

Au bout d'un quart d'heure, elle leva les yeux.

« Marie-Louise, dit-elle, j'ai vu Mme Blanchet et tout est convenu entre nous : tu entreras chez elle après-demain pour commencer ton apprentissage. »

La mère avait dit cela tout d'un trait et d'un ton presque sec, comme s'il s'agissait d'une chose indifférente. Il était difficile de deviner, sur le visage froid et sévère de Mme Carrier, si cette indifférence, si ce détachement n'étaient qu'apparents et ne recouvraient pas une émotion intérieure.

Quant à Marie-Louise, elle savait que sa mère détestait les explosions de sensibilité; aussi cacha-t-elle avec soin les sentiments que lui causait cette communication.

Les deux femmes étaient retombées dans le silence et, tout en tirant l'aiguille, elles réfléchissaient.

Mme Carrier avait résolu de faire apprendre à Marie-Louise l'état de giletière qui permet aux ouvrières habiles de gagner de bonnes journées, mais bien qu'elle eût pris sur Mme Blanchet toute sortes de renseignements, elle n'en éprouvait pas moins une certaine inquiétude à la pensée que sa fille allait cesser d'être sous son influence pour subir celle d'une étrangère.

Il fallait que Marie-Louise eût un bon état : tout s'effaçait devant cette considération.

La fillette réfléchissait de son côté et ce n'était pas sans une vague crainte qu'elle envisageait ce changement de vie.

Malgré ses inquiétudes, Marie-Louise éprouvait une certaine satisfaction : elle savait qu'au bout de ses quatre années d'apprentissage, elle gagnerait sa vie, et cette pensée plaisait à sa fierté.

Tous ceux qui travaillent pour vivre connaissent la profonde jouissance, l'orgueil si légitime que donne le premier argent gagné, et Marie-Louise, sans l'avoir éprouvé, en devinait la douceur.

C'est qu'elle n'avait eu que l'exemple du travail. Chez les Carrier, on ne répétait pas du matin au soir aux enfants : « Il faut travailler; ne perdez pas une minute; occupez-vous; ne soyez pas paresseux. » On ne leur disait rien, mais le père, mécanicien ajusteur, levé à cinq heures tous les matins, partait pour l'usine après avoir mangé sa soupe, et n'en revenait que le soir à sept heures, ayant gagné sa vie et celle de sa famille.

La mère, pendant ses premières années de ménage, avait continué son métier de piqueuse à la machine; la naissance de ses trois enfants, les soins qu'ils réclamaient l'avaient obligée à cesser; mais elle se levait un quart d'heure avant son mari et tous ses instants était occupés par le ménage, la préparation des aliments, l'entretien des vêtements et le blanchissage du linge de toute la maisonnée. S'il lui restait dans la journée une ou deux heures de liberté, elle les employait à faire des cahiers de papier à cigarettes, menu travail qui lui rapportait encore une certaine somme au bout de l'année.

La vue de ce labeur incessant était pour les enfants la meilleure des écoles.

La soupe mise en train, Joseph et Nathalie était rentrés dans la salle basse.

« Nathalie, dit Mme Carrier, il faut mettre le couvert, et toi, Joseph, apprends ta leçon pour demain. »

Les deux enfants obéirent immédiatement. Marie-Louise se leva.

« Où vas-tu? lui demanda sa mère.

— Je vais, comme tous les samedis, préparer le linge de rechange pour chacun de nous demain matin.

— C'est inutile. Nathalie s'en chargera. Il faut qu'elle en prenne l'habitude puisque, à partir de lundi, tu ne seras de retour qu'à sept heures, et que tu ne pourras plus t'occuper de ces détails.

— Loulou s'en va, s'écria Joseph en laissant tomber son livre, tant était grande sa stupéfaction.

— Elle ne s'en va pas tout à fait, répondit Mme Carrier, mais elle ira en apprentissage pour savoir un métier qui lui permette de gagner sa vie plus tard. Elle partira le matin avec son père et ne rentrera de chez sa patronne que le soir à sept heures. »

Joseph savait bien que, pour manger, pour se vêtir, il faut de l'argent; que, pour avoir de l'argent, il faut travailler, et que c'était dans ce but que son papa quittait la maison tous les matins. Mais à l'idée que Loulou, sa sœur Loulou qui le grondait bien quelquefois, mais le gâtait et le câlinait encore davan-

tage, allait aussi partir, et qu'il la verrait à peine une heure le
soir, à cette idée, Joseph se mit à pleurer à chaudes larmes.

Marie-Louise, touchée de son chagrin, sentait l'émotion la
gagner à son tour.

« Allons, dit Mme Carrier à Joseph, il n'y a pas là de quoi

Joseph se mit à pleurer à chaudes larmes.

pleurer. Essuie tes yeux et apprends ta leçon. Dans la vie,
mon petit, il faut savoir souffrir. »

Le pauvre enfant obéit, mais de son cœur gonflé s'échap-
pait de temps à autre un sanglot; enfin peu à peu, il se calma
et s'absorba dans la lecture de son livre jusqu'à l'arrivée de
son père.

Jean Carrier était un homme de trente-cinq ans environ,
de taille moyenne, aux bras solides et nerveux; sa physionomie respirait la bonté.

Quand il entra, les trois enfants se précipitèrent vers lui et
se suspendirent à son cou. Les caresses toutes spontanées
qu'ils prodiguaient à leur père ne ressemblaient en rien au

baiser respectueux et presque solennel que leur mère avait reçu au retour de l'école.

« Allons, s'écria Jean en riant, vous allez m'étouffer. Laissez-moi aller me laver les mains et retirer mon bourgeron. »

Pendant sa courte absence, la bonne soupe fumante fut trempée, servie, et l'on se mit à table avec autant de plaisir que d'appétit.

« Tout de même, dit Carrier quand il eut fini, voilà une soupe qui ferait revenir un mort, il n'y a qu'ici qu'on mange de la soupe comme ça. C'est l'espoir de la trouver le soir qui me soutient dans mon travail à l'usine. »

Et il s'en servit une seconde assiettée.

« Décidément, il fait bon vivre, poursuivit-il quand on a une bonne santé, un bon état, une brave femme, des enfants sages. »

Il avala un verre de vin et se servit une copieuse ration d'un succulent ragoût de poitrine de mouton que sa femme avait fait réchauffer.

Tout à coup Carrier se frappa le front.

« Ah! mais, s'écria-t-il, où avais-je la tête? J'ai une nouvelle à vous annoncer. M. Cardot, mon patron, désire que j'aille, de demain en huit, examiner une machine nouvelle qu'il fait installer, il veut la faire démonter devant moi par l'ingénieur, qui sera chez lui ce jour-là, et il m'a demandé d'amener mes enfants. Marie-Louise visitera l'usine et fera connaissance avec Mlle Henriette, la fille aînée de mon patron, qui est du même âge qu'elle. »

Le repas achevé, Joseph, avant d'aller se coucher, embrassa tout le monde.

En arrivant devant Marie-Louise, il se jeta à son cou, la couvrit de baisers et de caresses.

Les trois enfants se précipitèrent vers lui.

« Assez, assez, dit Carrier, tu finiras par la manger, ta pauvre sœur.

— Ah! c'est que je ne l'aurai plus dans la journée, il faut que je me rattrape le soir. Surtout, Loulou, n'oublie pas de venir m'embrasser lundi matin avant de partir, même si je suis endormi. Tu le promets, n'est-ce pas? »

Et Joseph, qui avait encore bien envie de pleurer, fit appel à toute son énergie et quitta la salle avec Nathalie, sans avoir versé une larme.

« Où vas-tu donc, lundi matin? » demanda Carrier à sa fille.

Sa femme le mit au courant des arrangements pris avec Mme Blanchet pour le surlendemain.

« Diable! dit Carrier, si tôt que cela! Je croyais que tu aurais encore quinze jours de répit. Rappelle-toi, ma petite, qu'à cinq heures et demie, il faudra être prête à m'accompagner.

— Sois tranquille, père, je serai prête.

— Sais-tu que, maintenant, tu n'es plus une petite fille, reprit Jean. Tu vas commencer à être un peu livrée à toi-même, chez des étrangers qui ne seront peut-être pas toujours justes. Si tu as de bonnes camarades, il faut t'attendre aussi à en avoir de mauvaises, des hypocrites, des menteuses qui essaieront de te jouer de méchants tours, de te faire du tort auprès de ta maîtresse d'atelier. Il ne faudra jamais leur rendre la pareille. Tu es une Carrier, et tu dois toujours agir franchement, loyalement, sans traîtrise, mais il ne faut pas non plus accepter, sans te défendre, les mauvais procédés. Et puis, il faudra prendre sur toi de ne pas avoir l'air triste. On se moquerait de toi. Je sais bien que tu auras du chagrin en commençant, parce qu'ici la vie était plus douce que chez des étrangers.... »

Carrier, tout en voulant donner du courage à sa fille, sentait l'émotion le gagner peu à peu. Il attira l'enfant vers lui, l'assit sur ses genoux, et reprit d'une voix qu'il s'efforçait de raffermir :

« Tu sais, ma Loulou, je te recommande aussi d'avoir toujours confiance en nous; si tu avais de trop gros ennuis, ne crains pas de nous le dire, à ta mère et à moi; n'oublie jamais que nous serons toujours là pour te protéger et pour t'aimer. »

Sous l'influence de ces paroles, les larmes que Marie-Louise avait contenues toute l'après-midi, s'échappèrent de ses yeux; elle se serrait contre son père en l'embrassant de toutes ses forces.

« Ah ça! mais, qu'est-ce qu'il y a? dit Carrier, véritablement inquiet de cette explosion. Si ça te faisait trop de chagrin, mon enfant, on pourrait attendre encore.

— Non, papa, répondit Marie-Louise en s'essuyant les yeux, je ne veux pas attendre. Je désire entrer en apprentissage parce que je tiens à gagner ma vie le plus tôt possible. Seulement, je pleure parce que tu me dis des choses si bonnes, si bonnes, qui me prouvent que tu m'aimes bien, alors.... »

L'enfant n'acheva pas; ses larmes redoublèrent et, de nouveau, elle se serra contre son père.

« C'est-à-dire, interrompit Mme Carrier, en s'adressant à son mari, qu'avec toutes tes phrases, tu lui enlèves tout son courage.

— Au contraire, s'écria Marie-Louise, papa m'en donne en me disant tout cela. Je me sens plus forte, parce que je sens qu'il m'aime, qu'il me protège, et quand il me parle comme tout à l'heure, pour lui faire plaisir, il me semble que je soulèverais des montagnes. Et puis, j'avais des larmes plein la poitrine, je ne pouvais plus les garder, j'aurais étouffé. Maintenant, c'est fini.

— Elle a raison, cette petite, dit Carrier ; de temps à autre il faut se décharger. Toi, ajouta-t-il en s'adressant à sa femme, tu concentres tout, tes joies et tes tristesses ; tu n'en parles à personne. Tout le monde ne te ressemble pas. Moi, je suis comme Marie-Louise, il faut que ça sorte. Mais assez de larmes, parlons d'autre chose : as-tu fait les préparatifs nécessaires pour la partie de demain ?

— Oui », répondit Mme Carrier en étouffant un soupir. Elle alla tirer d'une armoire un plat où s'étalaient un superbe morceau de veau et un saucisson, puis une assiette qui contenait un gros morceau de gruyère. Carrier contempla les victuailles en se frottant les mains.

« Hein, dit-il à sa fille, en voilà, deux belles pièces! On mettra demain cela dans un panier. Nous partirons de bonne heure, à la fraîche, et nous irons manger nos provisions du côté de Nogent. Les enfants prendront l'air toute la journée, et nous aussi. »

Mme Carrier étouffa un second soupir et alla resserrer les deux plats. Jean se leva et, après avoir embrassé une dernière fois sa fille, il se dirigea vers sa chambre, en recommandant à sa femme de ne pas veiller trop tard.

ANNETTE BONTOUX — MADAME CARRIER

Q UAND Mme Carrier et sa fille eurent mis tout en ordre
dans la salle basse, Marie-Louise prit un cahier et sa
mère lui dicta les dépenses du jour.

La jeune fille inscrivit le veau, le saucisson et le jambon
dont le total s'élevait à sept francs vingt-cinq centimes.

« C'est effrayant, murmura Mme Carrier. Tu verras qu'avec
le vin et les accessoires, nous aurons une journée d'au moins
douze francs.

— Tu sais bien, mère, que papa aime à se promener avec
nous le dimanche; cela lui fait plaisir de prendre l'air après
avoir été enfermé toute la semaine.

— C'est vrai, répondit Mme Carrier. Il faut te coucher,
Marie-Louise.

— Oui, maman, mais auparavant, je vais aller vider les
ordures pour n'avoir pas à le faire demain matin. »

Marie-Louise n'avait pas fait trois pas dans le petit vestibule
qu'une porte s'ouvrit, livrant passage à une fillette de douze
ans qui tenait une lampe à essence et un porte-bouteilles. La
nouvelle venue avait une tête brune et des cheveux tout frisés.

Ses yeux noirs très éveillés éclairaient une physionomie dont l'expression gaie et mutine contrastait avec le visage sérieux et pensif de la blonde Marie-Louise.

« Bonsoir, Annette.

— Bonsoir, Marie-Louise. Voilà longtemps que maman me tarabuste pour aller à la cave, mais j'attendais ta sortie pour causer un instant avec toi. Et ton apprentissage? Y a-t-il quelque chose de décidé?

— J'entre lundi chez Mme Blanchet.

— Et moi, je vais cesser aussi d'aller à l'école.

— Oui, mais tu ne quitteras pas la maison et c'est ta mère qui te montrera son état. Ce n'est pas la même chose, dit Marie-Louise en soupirant.

— C'est vrai, répondit Annette, si Mme Carrier avait voulu, elle t'aurait appris à piquer à la machine.

— Elle pense que je gagnerai davantage à faire des gilets.

— C'est possible, mais le plus triste dans tout cela, c'est que nous n'allons presque plus nous voir. Tu seras dehors toute la journée et, le soir, ta mère ne peut pas supporter qu'on aille la déranger.

— Oui, dit Marie-Louise, nous ne pourrons guère causer que dans ce couloir et à cette même heure.

— Et encore pas longtemps. Mme Carrier serait furieuse. Adieu, ma pauvre Marie-Louise, bon courage pour lundi. Je t'attendrai avec impatience après le dîner pour savoir comment se sera passée ta première journée. »

Les deux fillettes se séparèrent. Elles se connaissaient depuis l'âge de quatre ans, avaient été à l'asile, puis à l'école ensemble et s'étaient liées d'une bonne et solide amitié ; le père d'Annette, Numa Bontoux, ouvrier ciseleur, était un très brave homme. Sa femme travaillait chez elle ; elle habillait des poupées pour les magasins.

N'ayant qu'une seule enfant, ils étaient fort à leur aise et, tout en faisant des économies pour leurs vieux jours, ils vivaient bien, avaient du vin en cave, une bonne et saine nourriture et prenaient quelques plaisirs.

Mme Bontoux aimait à être bien mise et habillait Annette avec goût. Cela lui coûtait peu d'argent puisqu'elle faisait elle-même tous ses ajustements et ceux de sa fille, mais elle n'en était pas moins l'objet des critiques de Mme Carrier qui considérait les Bontoux comme des *mangeards*, et n'avait répondu à leurs avances que par une froideur manifeste.

Voyant cela, les Bontoux s'étaient tenus sur la réserve, et les deux petites amies en avaient été réduites à ne se voir qu'à l'école. Désormais leurs relations allaient se borner à une courte rencontre de quelques minutes dans un couloir.

Après le départ de Marie-Louise, Mme Carrier ouvrit une petite armoire placée dans un coin de la salle et en tira un sac de toile. Elle compta l'argent qu'il renfermait.

« Quatre cent quatre-vingt-neuf francs, dit-elle. Sans cette idée de courir à Nogent demain, j'aurais pu mettre douze à quinze francs dans mon sac, ce qui ferait juste cinq cents francs pour acheter une obligation de la Ville de Paris. Enfin, il paraît qu'il faut s'amuser! »

Mme Carrier était originaire de l'Est; elle était l'aînée des dix enfants d'un ouvrier tisserand et, pendant toute son enfance, elle avait connu les privations, la gêne, la misère même. Elle avait appris l'état de piqueuse à la machine et, son père étant mort, elle avait dû non seulement se suffire à elle-même, mais nourrir sa mère et une jeune sœur. Le perpétuel souci du pain quotidien et le spectre de la misère qui avaient été le cauchemar de sa triste enfance et de sa jeunesse, Mme Carrier n'était jamais parvenue à les oublier complètement malgré l'aisance relative dont elle jouissait depuis son mariage.

Elle avait toujours peur de manquer, et aussitôt qu'elle avait vu sa position s'améliorer, elle n'avait songé qu'à une chose : amasser, à force d'économie et de travail, un capital qui la mît pour toujours, elle et sa famille, à l'abri du besoin.

Si elle avait été maîtresse de diriger tout à son gré, elle aurait réduit les dépenses à leur plus petite expression, et se serait privée, même du nécessaire. Mais Carrier ne comprenait pas la vie de cette façon; il voulait bien travailler, mais il entendait trouver en retour une bonne nourriture, un logement sain et aéré, des vêtements chauds pour l'hiver.

Sa femme, malgré son désir d'économiser, avait entendu raison et elle avait su, tout en dépensant le moins possible, donner à son mari et à ses enfants le confortable nécessaire à la santé; mais où elle avait opposé une résistance sérieuse, c'est quand son mari avait voulu distraire sa famille et se distraire lui-même le dimanche en allant passer la journée à la campagne.

On avait beau emporter des provisions, il fallait toujours dépenser de l'argent chez le traiteur; on usait davantage les vêtements, les souliers, enfin Mme Carrier perdait là un temps précieux qu'elle aurait pu employer utilement à la maison.

Carrier ne résista pas: il n'aimait pas la discussion, et après une promenade où sa femme avait constamment récriminé, répétant à chaque instant qu'on mangeait tout au lieu d'économiser pour les moments difficiles, il déclara que, si les promenades ne lui convenaient pas, elle était libre de rester à la maison le dimanche; mais, que lui, il sortirait, parce qu'il avait besoin d'air.

Mme Carrier crut avoir cause gagnée, mais sa joie disparut bien vite le lundi suivant, quand elle s'aperçut que son mari avait gardé vingt francs sur la paye de la semaine qu'il remettait habituellement tout entière à sa femme. Le dimanche suivant, il partit seul, rencontra des camarades, but avec eux un peu plus que de coutume et rentra fort tard, plus gai qu'il n'aurait fallu.

Mme Carrier comprit qu'elle avait fait fausse route et, malgré son désir d'économie, elle fut la première, le samedi suivant, à proposer une promenade pour le lendemain.

« Tu as raison, ma bonne femme, lui dit Carrier : tout seul, j'aurais fait des bêtises; il vaut mieux s'amuser en famille. Et puis, vois-tu, moi, je ne suis pas de la même race que toi. Je suis d'un pays où l'on est économe, travailleur, mais où l'on ne déteste pas de temps à autre faire un bon repas, arrosé de bon cidre, de bon vin et terminé par une bonne tasse de café. Je suis content que tu aies compris ça. »

Mme Carrier sourit, mais, au fond, son cœur saignait.

Depuis douze ans que cela durait, elle n'en avait pas encore pris son parti et, ce soir-là, ce fut en soupirant qu'elle mit dans son porte-monnaie les quinze francs destinés à la promenade du lendemain et qui auraient fait si bonne figure dans son sac.

III

LA PROMENADE — RENCONTRE INATTENDUE

L E lendemain, à six heures et demie du matin, toute la famille Carrier quittait le petit pavillon de la rue de Ménilmontant; le tramway les conduisit à Vincennes.

Carrier s'engagea dans le bois pour gagner Nogent où l'on devait s'arrêter pour déjeuner et passer une partie de la journée.

En voyant l'herbe et les arbres, Joseph et Nathalie furent pris de cette espèce d'ivresse qui saisit les jeunes enfants et les jeunes chiens quand ils sont en liberté, et ils commencèrent une course folle, tombant l'un sur l'autre, se roulant dans l'herbe et riant de toutes leurs forces.

Mme Carrier poussait des cris d'alarme en songeant à leurs vêtements que ce manège pouvait endommager. Jean essayait de la calmer en lui disant qu'il faut que jeunesse se passe.

« La mienne ne s'est jamais passée, répondit-elle; dans mon enfance, je ne crois pas avoir fait une seule promenade pour mon plaisir.

— Eh bien! parce que tu n'as pas été heureuse, ma pauvre femme, est-ce une raison pour que nos enfants n'aient aucune jouissance? Cela ne te fait donc pas plaisir de voir leurs bonnes joues roses, et leurs yeux tout brillants de joie? »

Elle fit signe que oui, mais, au fond, elle était si habituée à ne voir que le côté matériel des choses qu'elle ne pouvait trouver de satisfaction dans une journée qui ne rapportait rien.

Après plusieurs haltes, on arriva à Nogent vers dix heures et demie. On avisa un marchand de vins qui fournit la vaisselle nécessaire au repas, des serviettes, le pain, le vin, une salade et des œufs rouges; on sortit du panier les deux superbes pièces, comme disait Carrier, le saucisson et le veau. Et chacun prit place autour de la table.

A peine était-on assis, que deux personnes entrèrent sous la tonnelle et s'installèrent à une table voisine de celle des Carrier.

C'étaient un homme de haute taille, d'environ trente-huit ans, et un jeune garçon de quinze ans. Ils commandèrent une soupe grasse, une omelette au lard et, en attendant l'arrivée de leur déjeuner, comme ils n'avaient rien de mieux à faire, ils examinèrent leurs voisins qui, très occupés de l'agencement de leurs victuailles, ne faisaient pas attention à eux.

Marie-Louise avait été chargée d'assaisonner la salade, et elle mettait tous ses soins à mener à bien cette délicate opération. Nathalie dépouillait les œufs rouges; Mme Carrier découpait le saucisson, et Jean taillait des morceaux de pain que Joseph disposait en piles sur une assiette, annonçant à tout le monde qu'il construisait la tour Eiffel.

Lorsque le pain fut coupé, Jean voulut déboucher un litre de vin, mais il n'avait pas de tire-bouchon; le personnage qui était assis à la table voisine s'aperçut de son embarras et lui offrit un couteau muni d'un tire-bouchon.

Jean le prit et leva les yeux pour remercier son obligeant

voisin; mais, en le regardant, les paroles s'arrêtèrent sur ses lèvres, il resta l'œil fixe, la bouche béante.

« Pourquoi donc me regardez-vous comme cela? demanda l'étranger.

— C'est que je croyais reconnaître... mais non, je me trompe.

Joseph et Nathalie commencèrent une course folle.

— Qu'est-ce que tu croyais reconnaître, papa? dit Joseph qui n'aimait pas les explications incomplètes.

— C'est que monsieur ressemble beaucoup à un de mes cousins qui habite la Normandie.

— La Normandie! s'écria l'homme. Et quel côté de la Normandie?

— Le village de Bréquigny.

— Mais, c'est mon village!

— Quoi, vous seriez?...

— Je suis Pierre Fautras.

— Et moi, Jean Carrier.

— Allons donc, c'est trop fort! »

Et les deux cousins, qui ne s'était pas vus depuis vingt ans, s'embrassèrent de tout leur cœur.

Le marchand de vins, qui revenait avec la soupe, fut stupéfait en voyant dans les bras l'un de l'autre deux clients qui, un moment auparavant, semblaient ne pas se connaître. On serra les rangs à la table des Carrier. Pierre Fautras et son compagnon vinrent s'asseoir à côté d'eux.

« C'est à toi, ce grand garçon-là, dit Jean en tendant sa large main au jeune homme.

— Oui, c'est mon seul enfant.

— Moi, voilà toute ma famille, dit Carrier en montrant avec orgueil sa femme et ses enfants. Nous sommes là tous au complet.... Et par quel hasard es-tu à Paris, mon brave Fautras?

— Je suis venu à cause de Toussaint. Il s'était cassé le bras, il y a de cela deux ans; et on le lui avait mal remis; il en souffrait toujours. Je me suis décidé à venir à Paris pour le faire soigner. Nous étions bien ennuyés, ma femme et moi, de faire encore souffrir Toussaint, puis de la dépense que cela allait occasionner, mais il n'y a pas à hésiter quand il s'agit de la santé.

« Le maire de Bréquigny m'a donné une recommandation pour un grand chirurgien de Paris, qui a pris Toussaint dans sa clinique. On a endormi Toussaint; on lui a rompu le bras de nouveau, mais dans les règles, bien entendu, et on l'a ensuite raccommodé, toujours dans les règles. Maintenant, il ne souffre plus, et il se sert de son bras comme il y a trois ans.

— Et comment se fait-il, demanda Carrier, que pendant qu'on soignait ton fils, tu ne sois pas venu nous voir?

— Mais, je ne savais pas ton adresse. Tu n'as pas écrit depuis la mort de ma défunte mère. J'ai été voir dans la

L'omelette fut saluée par un hourrah général.

maison où tu demeurais à ce moment-là, mais on l'a démolie et personne n'a pu me dire où tu étais maintenant.

— C'est tout de même vrai qu'on ne s'écrit plus, qu'on ne sait pas si l'on est vivant ou mort, dit Carrier; et pourtant, va, mon bon Pierre, je t'aime bien et je n'ai pas oublié le bon temps que j'ai passé à Bréquigny lorsque j'étais petit, les tours que nous avons joués ensemble et les excellentes galettes des arrasin de ma tante Fautras. Aussi, vois-tu, tout à l'heure, quand nous nous sommes reconnus, j'étais si content, que je ne pouvais presque plus parler. Comment se fait-il que tu sois venu à Nogent?

— Ah! c'est que Toussaint en avait assez d'être enfermé à la clinique; je voulais lui faire visiter Paris avant de partir, car nous retournons demain à Bréquigny, mais il tenait à voir de l'herbe; alors nous avons pris le train à la place de la Bastille, nous nous sommes arrêtés à Nogent, et comme nous avions faim, nous sommes entrés dans ce petit restaurant où je ne m'attendais certes pas à te trouver.

— Fameuse idée que tu as eue! »

Le marchand de vins arriva avec une immense omelette d'un beau jaune doré qui fut saluée par un hourrah général. Les victuailles apportées de Ménilmontant eurent le même succès. Fautras demanda un fromage blanc et du café, et ce simple déjeuner de campagne prit pour les enfants Carrier les allures d'un repas de noce.

IV

LE COUSIN FAUTRAS

ARRIER avait fait honneur au déjeuner; il dégustait maintenant son café qu'il avait, à la mode normande, fortement
arrosé d'eau-de-vie. Il était devenu très communicatif et
expliquait sa situation à son cousin. Il lui parla des qualités
d'ordre de sa femme et de la grosse somme qu'elle avait déjà
su économiser.

Cette déclaration acheva de mettre Fautras de belle humeur;
jusqu'à ce moment il ne s'était pas livré complètement :
n'ayant pas vu son cousin depuis longtemps, il attendait avec
la prudence de sa race, de savoir si Carrier avait bien su
mener sa barque avant de lui parler de la sienne.

Quand il sut que Carrier gagnait largement sa vie et avait
fait des économies, il cessa de se tenir sur la réserve et se mit
à énumérer avec complaisance les terres qu'il possédait à
Bréquigny : plus de vingt hectares en très bon fonds.

« Diable, dit Carrier, mais tu es très riche!

— Très riche, non, mais je suis à mon aise.

— D'où sortent donc toutes ces terres? dit Carrier, ton

père n'avait guère que cinq hectares quand j'étais à Bréquigny.

— Oui, mais j'ai, comme tu le sais, épousé Arthémise
Lecaudey dont le père avait bien quinze hectares. Il avait trois
enfants : Arthémise ne devait donc hériter pour sa part que
de cinq hectares tout comme moi. Mais ses deux frères sont

Carrier était devenu très communicatif.

morts de la fièvre typhoïde en revenant du régiment et, naturellement, à la mort de mon beau-père, nous avons hérité de
tout. Et je te prie de croire que le bien de nos parents n'a
pas périclité entre nos mains. Sans me flatter, je ne boude pas
sur la besogne; mon fils m'aide et, quant à ma femme, elle
pioche trois fois comme nous deux. Et avec cela, économe !
D'ailleurs, c'est une Lecaudey, c'est tout dire. »

Pendant que les parents causaient, les enfants faisaient
connaissance : Toussaint parlait de la mer qui est à deux
heures de Bréquigny et où il allait chaque semaine chercher

de l'engrais; il racontait ses travaux et parlait avec enthousiasme de sa chère Normandie.

Ce qui intéressa le plus Marie-Louise, ce fut la description
de la Blancherie, la ferme des Fautras.

Longtemps après le déjeuner, quand on fut las de causer,
on commença une partie de colin-maillard. Carrier et Fautras
qui, eux aussi, s'étaient à peu près conté tout ce qui leur était
arrivé d'intéressant depuis leur séparation, vinrent prendre
part au jeu.

Deux ouvriers, leurs femmes et leurs enfants se joignirent à
eux, et bientôt la petite clairière devint le coin le plus animé
du bois.

Seule, Mme Carrier était restée assise, elle gardait les
manteaux. Bientôt elle tira un tricot de sa poche et se mit à
travailler.

Quand on songea à rentrer, il était près de six heures. On
dut revenir à pied, car tous les véhicules à bon marché étaient
envahis par la foule. Joseph et Nathalie, quoique bien fatigués,
franchirent bravement la distance qui les séparait de la rue
de Ménilmontant.

Mme Carrier et Marie-Louise improvisèrent un souper; aussitôt après, Fautras et son fils, qui partaient le lendemain à
six heures, prirent congé de leurs cousins en les engageant à
venir en Normandie.

« Ah! je voudrais bien, dit Carrier, mais vois-tu, mon vieux,
c'est impossible. Nous autres, nous ne sommes payés que
lorsque nous travaillons. Nous ne connaissons pas les vacances.
C'est égal, ça m'a fait plaisir de te revoir. »

Et on se sépara.

Marie-Louise, en fermant la porte sur ses cousins, sentit
une petite larme au coin de son œil et, quand elle fut couchée,
elle pensa à tout ce que lui avait dit Toussaint de la beauté de

son pays, de la situation de la ferme, des belles prairies toutes vertes où de grosses vaches paissent gravement tandis que de petits poulains s'essaient à galoper sous l'œil des mères juments.

C'est que Marie-Louise qui, en fait de campagne, ne connaissait que le bois de Vincennes, les fortifications et les Buttes-Chaumont, adorait instinctivement la verdure et les animaux ; c'est au milieu des arbres, de l'herbe et des fleurs qu'elle aurait aimé vivre et, au contraire, sa destinée la condamnait à l'existence d'atelier confinée entre quatre murs.

Et cette vie allait commencer le lendemain ! Et par une véritable ironie du sort, la veille même du jour où elle allait entrer en apprentissage, son cousin était venu évoquer devant elle l'existence qu'elle avait si souvent rêvée de la fermière qui travaille beaucoup, il est vrai, mais qui respire un air pur et sain.

V

L'ACCIDENT

Deux ans se sont écoulés depuis cette belle partie de campagne où Jean Carrier avait retrouvé d'une manière si imprévue son cousin Pierre Fautras.

Mme Carrier, assise à la même fenêtre du pavillon de la rue de Ménilmontant, travaille avec autant d'activité que jadis, mais son visage s'est un peu détendu, il exprime moins de sévérité et, par moments, on pourrait y voir quelque chose qui ressemble à de la joie.

C'est que depuis deux ans le ménage Carrier n'a fait que prospérer. Le salaire de Jean a augmenté; Marie-Louise reçoit déjà de sa maîtresse d'atelier cinquante centimes par jour. Si les ressources ont augmenté, les dépenses, grâce à l'ordre et à l'économie de la ménagère, ont plutôt diminué, aussi Mme Carrier réalise-t-elle chaque année près de dix-sept cents francs d'épargne sans compter les intérêts du capital amassé depuis son mariage, intérêts auxquels elle s'est fait, comme elle dit, *une religion* de ne pas toucher.

Ce qui éclaire aujourd'hui d'une manière toute particulière le visage de Mme Carrier et lui donne cet air d'intime satisfaction, c'est qu'elle a fait mentalement le compte de sa petite fortune; cette fortune, elle la suit dans l'avenir; elle la voit grandissant peu à peu; dans cinq ou six ans, on aura plus de trente mille francs.

Mme Carrier ne s'arrête pas là; son imagination, poursuivant sa course, entasse les billets de mille sur les billets de mille. La ménagère, tout en tirant l'aiguille, se livre à un prodigieux calcul d'intérêts composés; et qui sait à quel chiffre vertigineux elle atteindrait, si un coup de tonnerre formidable ne l'arrachait subitement à son rêve. Comme beaucoup de femmes, Mme Carrier avait peur de l'orage, mais elle fit un effort sur elle-même et voulut continuer son travail. Elle en reconnut bientôt l'impossibilité : les éclairs se succédaient sans interruption et l'aveuglaient; elle serra son ouvrage, ouvrit l'armoire, y prit un portefeuille d'où elle tira ses obligations qu'elle examina une par une pour découper les coupons échus. Cette agréable occupation lui fit oublier sa peur; mais tout à coup, au milieu du clapotement de l'eau et des roulements de tonnerre, elle crut entendre frapper à la porte. Elle supposait qu'elle s'était trompée, quand un second coup, très distinct cette fois, retentit. Elle renferma bien vite ses valeurs, courut à la porte, ouvrit et vit avec surprise deux hommes qu'elle ne connaissait pas : l'un était énorme, une sorte de colosse; l'autre était plus petit, mais de taille encore très respectable.

« Madame Carrier? demanda le plus petit.

— C'est moi. »

Ils entrèrent. Leurs vêtements ruisselaient.

« Qu'est-ce que vous désirez? demanda Mme Carrier.

— Nous sommes, dit l'un d'eux, ouvriers chez M. Cardot, le patron de votre mari. »

Après ce préambule les deux hommes se regardèrent, puis

ils se turent en secouant machinalement leurs casquettes dans le vestibule.

Mme Carrier commençait à avoir peur. Que voulaient ces deux hommes?

Ils se donnaient pour des ouvriers de la maison Cardot; n'était-ce pas plutôt des voleurs qui comptaient profiter de l'instant où elle était seule pour dévaliser la maison?

« Enfin que voulez-vous? demanda-t-elle.

— Allons, Aristide, parle, dit le plus petit à son camarade.

— Non, dis-lui, Polydore, moi je ne peux pas.

— Tu avais dit que ça serait toi.

— Je te dis que je n' peux pas. »

Et la voix du colosse tremblait.

« Voilà la chose, reprit le plus petit; votre mari, Carrier, en sortant de déjeuner, a glissé sur le trottoir; à ce moment une automobile arrivait à toute vitesse; le watman n'a pas eu le temps de faire manœuvrer le frein et la voiture a broyé la jambe de Carrier. »

Mme Carrier poussa un cri terrible et s'évanouit. Le colosse la releva et la porta dans la salle basse. Les deux hommes se regardaient, embarrassés.

« Fallait pourtant lui dire, gémit Polydore.

— Tu t'y es mal pris, dit le colosse d'un air convaincu.

— C'est trop fort. Et toi qui ne disais rien?

— Je ne pouvais pas.

— Alors, faut pas critiquer les autres. »

Pendant ce colloque, Mme Carrier avait repris ses sens.

« Où est mon mari? demanda-t-elle.

— Il est à Lariboisière, dit le colosse; la voiture des ambulances urbaines est arrivée et il a été emmené à l'hôpital où M. Cardot l'a fait placer dans une chambre particulière.

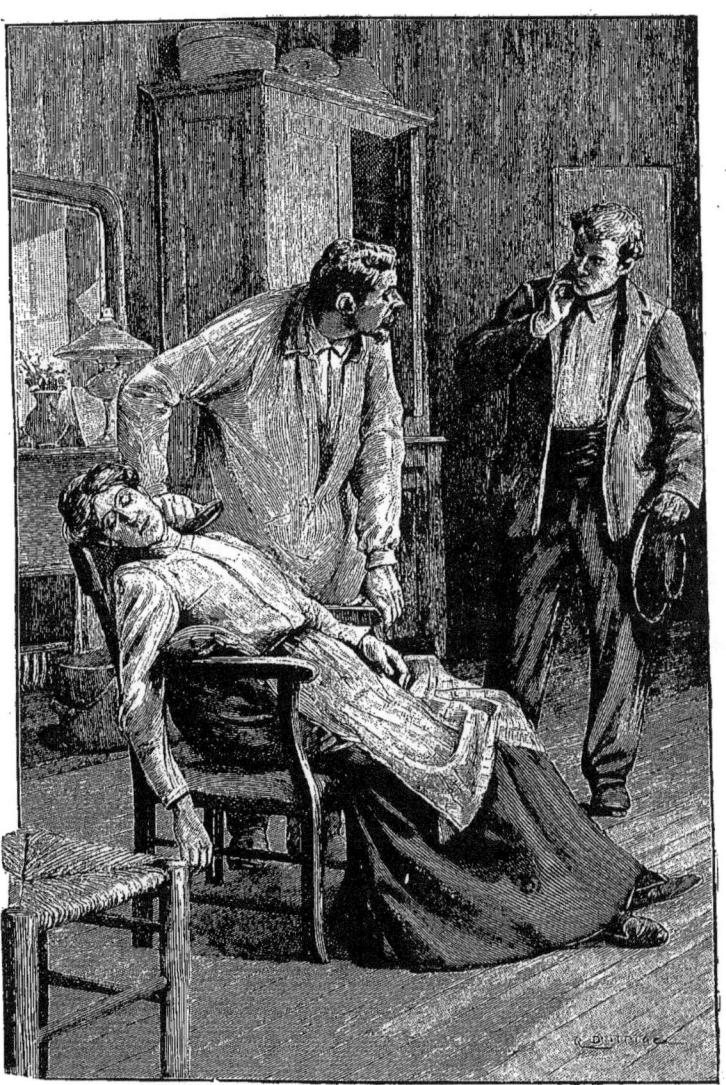

Les deux hommes se regardaient embarrassés.

— Et il sera soigné ni plus ni moins qu'un millionnaire, ajouta Polydore en manière de consolation.

— Pensez-vous qu'il faudra lui couper la jambe?

— Hélas! ma pauvre dame, il ne l'a plus sa jambe, elle est toute coupée; elle a été broyée, et son bras droit est horriblement mutilé.

— Son bras aussi!

— Oui, et c'est un hasard, de la manière dont l'accident s'est produit; qu'il ne soit pas mort sur le coup.

— Son bras aussi! » murmura la malheureuse femme.

Et dans l'affreuse nouvelle qu'elle apprenait, cette idée que le bras aussi était atteint et perdu, cette idée la frappait plus que tout le reste, parce que le bras représente le travail et que, pour elle, ne plus pouvoir travailler, c'était pis que la mort.

Elle resta un instant silencieuse, puis, se levant :

« Je vais aller le voir, dit-elle.

— Ce n'est pas possible aujourd'hui, répondit Polydore, le médecin l'a défendu; vous irez demain dans la matinée. M. Cardot viendra vous chercher et vous conduira à l'hôpital. Il n'a pas pu venir ici lui-même parce qu'il a accompagné Carrier à Lariboisière et qu'il a voulu assister aux premiers pansements. A l'usine, tous les contremaîtres étaient occupés à se mettre au courant pour remplacer Carrier; c'est nous qu'on a envoyés. Voilà. »

Aristide et Polydore se regardèrent. Ils avaient bien envie de s'en aller, mais, instinctivement, ils sentaient qu'ils ne devaient pas laisser cette pauvre femme si cruellement frappée seule avant le retour de ses enfants.

En général, un être qui souffre trouve quelque consolation dans la sympathie de ceux qui l'entourent, mais ce n'était pas le cas de Mme Carrier. Elle avait horreur de la pitié d'autrui, et déjà la présence de ces hommes lui pesait.

« Priez M. Cardot de ne pas se déranger pour venir me chercher, dit-elle. J'irai droit à l'hôpital et je l'y trouverai. Et maintenant, il faut retourner chez vous; vos femmes doivent vous attendre.

— Ma femme ne m'attend qu'à sept heures, dit Aristide.

—Moi, je n'en ai pas, rectifia Polydore.

— Ça ne fait rien, reprit Mme Carrier, je vous demande pardon, mais j'aime mieux être seule.

— Alors, ma pauvre dame, dit le colosse, bon courage. Faut pas vous faire trop de chagrin. Il en reviendra peut-être. Puis enfin, le patron fera quelque chose pour vous, c'est sûr, car il faut tout vous dire : pendant qu'on relevait Carrier, l'automobile a filé, personne n'a pensé à regarder le numéro et on ne tirera rien des propriétaires. C'est honteux, c'est lâche, mais on n'y peut rien.

— Puis, qu'est-ce que vous voulez, dit Polydore, c'est comme ça la vie : au moment où tout va bien, où on voit tout en rose, crac, il vous tombe une tuile. Ma bonne femme de mère en sait quelque chose. A preuve que mon père était couvreur, qu'il a dégringolé d'un toit, qu'il en est mort et que nous étions cinq enfants! Et, comme elle disait, ma mère, « un bon sujet, pas buveur, pas joueur, pas querelleur, une « crème, quoi! Tandis qu'il y en a tant qui rendraient service « à leur famille en filant leur nœud. Mais ceux-là, on n'en voit « pas la fin! »

Sur ces paroles qu'il jugea d'un excellent effet, Polydore prit congé et partit avec son camarade.

Une fois seule, Mme Carrier appuya avec force son mouchoir sur ses yeux comme pour leur interdire à jamais les larmes; puis, les bras croisés, la tête penchée en avant, elle se mit à penser. Elle revit sa triste enfance, sa jeunesse plus triste encore où la lutte pour la vie avait été si pénible. Ainsi

ces jours de misère, elle allait les revivre et elle n'aurait entre-
vu l'aisance prochaine que pour perdre en un moment l'espérance de la posséder.

Les vains regrets, les lamentations superflues n'étaient pas
le fait de Mme Carrier. Elle cessa de songer au passé pour
s'occuper d'adopter un plan de conduite. Ses enfants revinrent
de l'école, mais elle résolut d'attendre l'arrivée de Marie-Louise
pour leur apprendre la triste nouvelle. La jeune fille revint
comme d'habitude à sept heures et demie, très gaie, très
heureuse de retrouver sa famille après la longue journée
d'atelier.

Son premier mot fut : « Où est papa?

— Il ne reviendra pas dîner ce soir; il dîne avec des camarades, répondit Joseph.

— Ah! » dit Marie-Louise.

Un grand étonnement se peignit sur le visage de la jeune
fille. C'est que jamais son père ne dînait avec des camarades.

Elle jeta un coup d'œil sur sa mère et retrouva sur son
visage cette expression fixe et morne qu'elle avait connue jadis,
mais qui s'était atténuée et avait presque disparu depuis
quelque temps.

« Il y a quelque chose, pensa-t-elle, maman est mécon-
tente. »

Une pensée nouvelle traversa son esprit. Il était arrivé deux
fois à Jean depuis que sa fille avait l'âge de raison de se
laisser entraîner par des amis et de s'enivrer. Marie-Louise se
persuada que pareille chose s'était produite, que son père était
couché et que sa mère avait inventé une fable afin que les
enfants ne se doutassent de rien. Marie-Louise éprouva un
grand chagrin à cette idée. Elle aimait et respectait tant son
père, elle avait tant souffert les deux fois qu'elle l'avait vu titu-

bant et déraisonnant, que de grosses larmes lui vinrent aux yeux à la seule pensée qu'il s'était mis de nouveau dans cet état.

Elle s'empressa de cacher son trouble à cause de sa mère et se mit à table sans manifester la moindre émotion.

VI

LES PLANS DE MADAME CARRIER

Après le repas, en allant coucher Joseph, Marie-Louise se glissa dans la chambre de ses parents; le lit était vide. Son père n'était pas rentré; sa mère avait donc dit la vérité à Joseph, il dînait avec des amis. La pauvre enfant redescendit le cœur plus léger.

« Est-ce que papa reviendra tard, ce soir? » demanda-t-elle.

Mme Carrier se décida à lui dire la vérité. Marie-Louise écoutait sans un cri, sans un geste. L'idée que son père qu'elle aimait plus que tout au monde souffrait tant, qu'il allait souffrir encore, souffrir toujours peut-être, et que, s'il vivait, il resterait mutilé, cette idée lui déchirait le cœur.

Mme Carrier, voyant que sa fille avait les yeux secs, pensa qu'elle avait retrouvé son sang-froid et lui exposa le nouveau plan de vie qu'elle comptait adopter.

« Tu vas achever, lui dit-elle ton apprentisage; moi, je reprends mon ancien état de piqueuse à la machine. J'irai dès demain demander de l'ouvrage et, avec ce que je gagnerai, je ferai marcher la maison. Dans un an, tu gagneras à ton tour et peut-être pourra-t-on faire quelques économies, mais ce ne sera pas la même chose ! »

En écoutant sa mère, la douleur de Marie-Louise se faisait plus intense.

Eh quoi! après lui avoir appris cette nouvelle qui lui brisait le cœur, c'est là tout ce que sa mère trouvait à lui dire; elle n'avait eu ni un mot de tendresse, ni une parole partant du cœur pour plaindre celui qui les aimait tant toutes les deux et qui, loin d'elles, là-bas, sur ce lit d'hôpital, endurait d'atroces souffrances !

Mme Carrier allait continuer à développer ses projets, mais Marie-Louise se leva :

« Mère, je vais me coucher, dit-elle, il faudra partir demain de bon matin pour la visite à l'hôpital. Je suis brisée. »

Elle présenta son front à sa mère, car elle ne se sentait pas le courage de l'embrasser.

En allumant sa petite lampe, elle contempla les yeux bleus si durs de sa mère et ce corps aux formes carrées et s'arrêtant à la place du cœur, elle se demanda si cette place n'était pas vide.

Quand Marie-Louise alla, sur l'ordre de sa mère, fermer le verrou de la porte d'entrée, elle entendit un léger coup; elle ouvrit et sortit. Annette Bontoux la saisit dans ses bras et l'embrassa en pleurant à chaudes larmes.

« Ma chérie, ma pauvre chérie ! »

Ce fut tout ce qu'elle put lui dire. Marie-Louise rentra, un peu réconfortée par cette chaude tendresse, mais une fois couchée, elle ne pensa plus qu'à son père.

Elle se revit tout enfant, assise sur les jambes de Jean qui la faisait sauter. Aussitôt qu'il s'arrêtait, elle tapait sur la jambe et Jean repartait de plus belle avec une complaisance inépuisable. Tous les joujoux qu'elle avait eus, c'était son père qui les lui avait donnés, toutes ses jouissances, tous ses plaisirs d'enfant, c'est à son père qu'elle les devait.

Et les paroles de tendresse qui réconfortent, qui encouragent, qui soutiennent, c'était encore son père qui les lui avait fait entendre.

Toute pleine de ces souvenirs qui revenaient en foule à sa mémoire, l'enfant pleurait toujours, s'écriant de temps à autre à travers ses larmes :

« Oh! mon papa, mon cher papa, comme je t'aime, mon pauvre petit papa! »

VII

LA VISITE A L'HÔPITAL

ALLONS, monsieur, emmenez ces dames, la visite est finie ; l'interne de service a dit qu'il fallait laisser reposer le blessé.

— C'est bon », répondit M. Cardot à l'infirmier qui venait de lui faire cette communication à voix basse.

L'usinier se leva : « Nous allons partir, dit-il, nous reviendrons demain, mon bon Carrier. Du courage, mon pauvre ami.

— Ne crains rien, dit Mme Carrier, ne t'inquiète pas, laisse-toi bien soigner ; la maison marche bien tout de même. »

Marie-Louise seule ne dit rien, et cependant, ce fut dans le regard si aimant de sa fille que Jean trouva le plus de véritable consolation. Et quand les deux femmes l'eurent quitté, pendant les heures terribles qui précédèrent l'amputation de son bras droit qu'on devait faire le lendemain matin, ce fut le souvenir de ce regard si plein d'affection et de dévouement qui le soutint contre le désespoir.

A la porte de l'hôpital, M. Cardot arrêta un fiacre et voulut y faire monter les deux femmes.

« C'est inutile de vous déranger, dit Mme Carrier, j'ai une course à faire dans le quartier, je ne rentre pas chez moi.

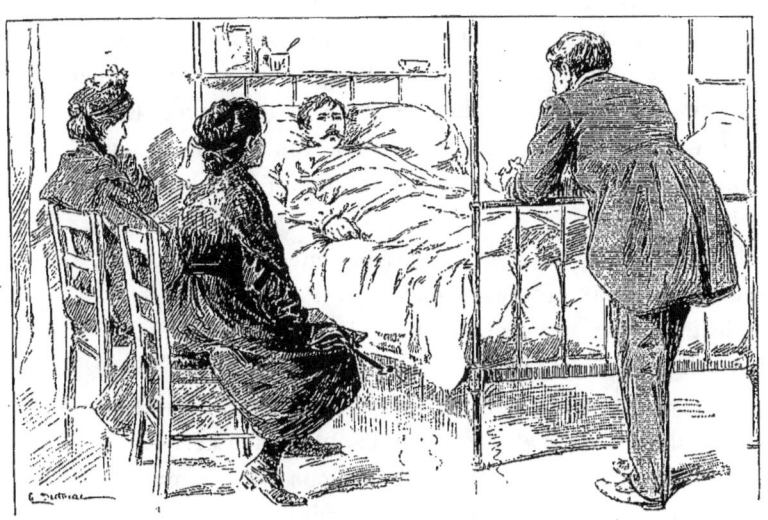

« Du courage, mon ami. »

— En ce cas, dit M. Cardot, asseyez-vous un instant dans la voiture, j'ai à vous parler. »

Mme Carrier obéit.

« Madame, dit l'usinier, vous savez que l'auteur de l'accident arrivé à Carrier s'est enfui lâchement et que vous ne pouvez compter sur aucune indemnité de ce côté; moi, bien que cet accident se soit produit en dehors de mon usine, je ne peux rester indifférent au malheur d'un homme que je considérais comme un de mes meilleurs ouvriers : voici cinq mille francs que je vous prie d'accepter, non comme une réparation puisque le dommage ne vient pas de mon fait, mais comme un témoignage de l'estime que j'ai pour votre mari. Je vou-

drais faire davantage, ajouta M. Cardot, mais malheureusement, j'ai, moi aussi, de nombreuses charges. »

Mme Carrier avait pris les cinq billets de banque et s'était
contentée de s'incliner.

Devant ce visage fermé, M. Cardot se sentait mal à l'aise ; il supposait que la femme de Jean ne le trouvait pas assez généreux.

« Je sais, ajouta-t-il, que tout l'argent du monde ne peut
pas compenser l'affreux chagrin que vous éprouvez. Encore,
pourvu que vous le conserviez ! Dieu veuille que le pauvre
homme résiste à la terrible opération qu'il va subir !... Le
malheureux !... »

Et M. Cardot, qui avait une réelle affection pour Jean, ne
put retenir deux grosses larmes.

Marie-Louise, profondément touchée, lui prit la main et la
serra de toutes ses forces.

L'usinier considéra alors la physionomie sérieuse et intelligente de la fillette et y retrouva les traits de Carrier.

« Ma chère enfant, lui dit-il, si vous avez jamais besoin
d'un appui, argent ou conseils, n'oubliez jamais de vous
adresser à moi.

— Oh ! monsieur, murmura Marie-Louise qui sanglotait,
merci ; merci pour tout ce que vous avez dit de mon pauvre
papa. »

Et elle suivit sa mère qui venait de quitter la voiture.

M. Cardot retourna chez lui, tandis que Marie-Louise et sa
mère se dirigèrent vers la rue du Temple, pour aller chercher de l'ouvrage dans un magasin de confection pour lequel
Mme Carrier avait travaillé autrefois. On lui donna un gros
ballot d'objets à piquer.

En retournant rue de Ménilmontant, Mme Carrier songeait
aux cinq mille francs qu'elle avait reçus et qu'elle se proposait
de placer immédiatement.

Quant à Marie-Louise, elle ne pouvait penser qu'à son père.

Il était près de quatre heures quand elles rentrèrent; les enfants allaient revenir de l'école. Mme Carrier voulait leur apprendre le malheur arrivé à leur père, Marie-Louise la pria d'attendre encore.

« Je le dirai ce soir à Joseph en le couchant, » dit-elle.

Mme Carrier se mit au travail avec ardeur, et quand elle eut piqué un corsage, elle calcula qu'en travaillant huit heures par jour, elle gagnerait cinq francs.

« Allons, dit-elle, tout n'est pas perdu! »

La journée terminée, Joseph, accompagné de Marie-Louise, monta se coucher.

Mme Carrier devait avertir Nathalie pendant que Marie-Louise allait faire la triste confidence à Joseph. Elle le déshabilla, lui mit sa longue chemise de nuit et, le prenant dans ses bras, elle lui dit doucement que s'il avait beaucoup aimé son père jusqu'alors, il fallait l'aimer encore davantage maintenant parce qu'un grand malheur venait de le frapper. Et elle lui apprit la vérité.

Joseph ne pouvait se faire à l'idée que son père n'aurait plus qu'une jambe et qu'un bras. A la pensée que son père pouvait mourir après l'amputation, il se serra contre sa sœur.

« Maintenant, Loulou, s'écria-t-il, je ne veux plus te quitter, je te suivrai partout pour mourir en même temps que toi, parce que, si je n'avais plus ni papa, ni toi, je ne voudrais plus vivre.

— Et maman? dit Marie-Louise très bas.

— Oh! elle, ce n'est pas la même chose, répliqua nettement Joseph.

— C'est mal ce que tu dis là, Joseph, si maman est sévère avec toi, c'est pour ton bien.

4

— Oh! ce n'est pas parce qu'elle est sévère. Papa et toi, vous me grondez quand je fais mal, et pourtant, je vous aime bien, mais maman....

— Silence, Joseph.

— Oh! vois-tu, Loulou, si c'était à elle que l'automobile ait broyé la jambe, ça ne me ferait presque pas de chagrin. »

Marie-Louise se leva brusquement. Ainsi, cette pensée aussi était venue à Joseph. Cette pensée que Marie-Louise s'efforçait de chasser depuis la veille, elle revenait s'imposer à son esprit par la bouche d'un autre.

« Joseph, s'écria-t-elle, ne dis jamais une pareille chose, ne la pense même pas. Mère travaille pour nous afin de nous mieux nourrir, de nous mieux vêtir. Si elle ne nous embrasse pas, ne nous caresse pas comme faisait papa, c'est que ce n'est pas dans son caractère, mais au fond, c'est une bonne mère et tu peux être sûr qu'elle nous aime bien. »

Joseph ne répondit rien, mais on sentait qu'il n'était pas convaincu.

« Ainsi, reprit Marie-Louise, tu seras bien sage, bien obéissant pour faire plaisir à maman.

— Pour te faire plaisir à toi, Loulou, rectifia Joseph.

— Et maman?

— Oh! maman, répondit l'enfant, je ne peux pas lui faire plaisir.

— Pourquoi donc?

— Parce que je ne gagne pas d'argent et que je ne peux pas lui en apporter. Maman n'est contente que lorsqu'on lui apporte de l'argent. »

Marie-Louise se taisait. Ainsi, ce qu'elle n'avait jamais voulu s'avouer, ce dont elle voulait douter encore, douter toujours, n'avait pas échappé à un petit garçon de neuf ans. Joseph savait déjà que sa mère était avare, et cette passion

Elle lui mit sa longue chemise de nuit.

qui dessèche tout autour d'elle avait fermé le cœur de l'enfant pour sa mère. Un profond soupir s'échappa de la poitrine de Marie-Louise; elle embrassa encore une fois Joseph, quitta la chambre et, dans l'escalier, trouva Nathalie qui montait.

« Tu as tout dit à Joseph? demanda Nathalie.

— Oui, le pauvre petit pleure encore.

— Le fait est que c'est dur. Nous n'avons pas de chance. Heureusement que maman nous reste. Sans cela, qu'est-ce que nous serions devenus? »

Marie-Louise ne répondit pas. Celle-là aussi ne voyait dans le malheur qui les frappait que le dommage matériel.

Brusquement, Marie-Louise rentra dans la chambre de Joseph et le serra dans ses bras.

« Je t'aime, lui dit-elle, je t'aime de toutes mes forces; tu seras à la fois mon fils et mon frère, entends-tu, mon Joseph. Si nous perdons notre pauvre père je te protégerai; s'il revient, nous l'aimerons, nous le consolerons tous les deux.

— Oh! oui, Loulou, Joseph fera tout ce que tu voudras. »

Et le pauvre petit, épuisé de fatigue et de chagrin, retomba sur son lit et s'endormit tout en pleurant.

L'amputation du bras droit de Jean réussit; les plaies se cicatrisèrent peu à peu, mais la convalescence fut longue et on le garda à l'hôpital près de quatre mois.

Pendant ce temps, Mme Carrier travailla ferme. Elle était redevenue aussi habile piqueuse que jadis et se faisait de très bonnes journées.

Elle avait opéré de sérieuses réformes dans le ménage : pour la nourriture, pour les vêtements, on ne dépensait que le strict nécessaire.

Grâce à son économie et à un travail acharné, Mme Carrier arrivait à faire marcher son ménage sans toucher à son capital et elle entrevoyait, quand Marie-Louise serait ouvrière, le moment où elle pourrait augmenter encore son trésor.

Marie-Louise aurait voulu admirer sa mère, mais elle connaissait trop bien le vrai mobile de ce labeur incessant pour éprouver de la reconnaissance. Ce qui la choquait le plus, c'était l'indifférence de sa mère pour Jean. On voyait combien il lui en coûtait de quitter son ouvrage et de perdre trois heures le dimanche pour aller à l'hôpital.

Oh! ces visites à l'hôpital, quelle affreuse douleur elles apportaient à Marie-Louise!

Tant que son père avait été couché, elle avait moins souffert; mais la première fois qu'elle le trouva levé et qu'elle vit la manche vide, puis ce pauvre corps amaigri soutenu par une jambe de bois, elle n'eut pas trop de toute son énergie pour comprimer ses sanglots.

Pauvre Jean! Lui, si fort, si beau, et si fier de sa force, voilà donc ce qu'il était devenu!

Ses yeux bleus, si gais jadis et qui maintenant exprimaient une profonde souffrance et une muette résignation, se fixaient sur les yeux de sa femme et de ses enfants pour y lire l'impression qu'il produisait.

Mme Carrier et Nathalie restèrent impénétrables; la flamme si douce qui animait les yeux de Marie-Louise se fit plus douce encore, et le père sentit que plus il serait malheureux, plus il trouverait d'affection et de dévouement dans le cœur de son enfant.

VIII

LE RETOUR DE JEAN

Il y avait juste quatre mois que l'accident était arrivé lorsque Mme Carrier reçut du directeur de l'hôpital l'avis de venir le dimanche suivant chercher son mari.

Il fut convenu que Pauline seule irait à l'hôpital et ramènerait Jean dans un fiacre pendant que Marie-Louise garderait les enfants.

Le dimanche, dès que Mme Carrier fut partie, Marie-Louise garnit de fleurs les deux vases placés sur la cheminée ; elle aurait bien voulu en poser un au milieu de la table, mais il n'y avait plus de fleurs dans le jardin.

Elle mettait le couvert quand Annette entra, portant une brassée de roses et d'œillets qu'elle offrit à son amie.

« Oh ! s'écria Marie-Louise, comme c'est gentil ! Toi qui tiens tant à tes fleurs.

— Je tiens bien plus à te faire plaisir, reprit Annette, et j'aurais bien voulu t'apporter aussi du vin vieux pour ton père. Papa aurait été bien content de vous en offrir, mais maman a dit que cela déplairait à Mme Carrier et, dame ! maintenant, c'est elle qui est la maîtresse.

— C'est vrai, dit Marie-Louise, vous avez bien fait; les fleurs, ce n'est pas la même chose, mais, le vin, je crois aussi que cela l'aurait contrariée. »

Les deux fillettes arrangèrent la table avec beaucoup de goût; quand elles eurent fini, il restait encore des fleurs.

« Si nous faisions trois petit bouquets pour les offrir à ton père quand il arrivera, dit Annette.

— Non, répondit Marie-Louise, un seul pour Joseph. Pauvre père, il n'a plus qu'une main! »

Et les yeux de Marie-Louise se remplirent de larmes.

« Dépêche-toi d'essuyer tes yeux; il ne faut pas lui enlever son courage en pleurant devant lui.

— C'est vrai, tu as raison. »

Marie-Louise se disait que, si elle était la maîtresse, elle inviterait Annette à dîner.

La bonne humeur, l'esprit naturel de son amie auraient fait du bien à son père et auraient donné un autre cours aux pensées qui allaient l'assiéger en entrant, mais il ne fallait songer à inviter personne; Mme Carrier ne le lui aurait pas pardonné.

Quand Annette fut partie, chaudement remerciée par Marie-Louise, couvert, dîner, tout était prêt.

Plus le moment du retour approchait et plus le cœur de la fillette se serrait. Elle comprenait si bien ce que son père allait souffrir en rentrant infirme, inutile, mutilé, dans cette maison d'où il était sorti quatre mois auparavant plein de vigueur et de santé!

Quand la voiture arriva, Marie-Louise aida son père à descendre, lui donna sa béquille et l'accompagna pendant que sa mère payait le cocher.

En entrant dans la salle, la jolie table arrangée par Annette frappa ses yeux tout d'abord et un sourire apparut sur son visage.

« Ma bonne fille, dit-il à Marie-Louise, ma bonne fille, » répéta-t-il.

Et il s'assit sur le fauteuil préparé à sa place.

« Que je suis las », dit-il.

Les deux fillettes arrangèrent la table.

Le trajet en voiture l'avait beaucoup fatigué.

Marie-Louise l'installa dans son fauteuil, disposa un tabouret pour que sa jambe de bois ne le gênât pas, mit un oreiller derrière son dos et lui servit tout de suite une assiettée de potage.

« Ah, dit-il, je me sens mieux ; mais quelle jolie table, ma petite Marie, pour recevoir un si vilain convive !

— Père, oh ! père, je t'en prie ! Je suis si heureuse de t'avoir.

— Oh ! oui, j'en suis sûr ; toi, tu es heureuse, ça se sent bien, va, ma bonne fille. »

Au même moment, Mme Carrier rentra et s'arrêta surprise devant la table.

« Tu as acheté des fleurs? dit-elle de sa voix nette et tranchante, plus nette et plus tranchante depuis son récent malheur.

— Non, mère, c'est Annette qui me les a données.

— Elle est donc toujours fourrée ici, cette petite? elle ferait mieux de travailler. »

Marie-Louise ne répliqua pas; elle regarda son père à la dérobée et vit sur sa figure amaigrie paraître une expression de tristesse qu'elle devait souvent retrouver.

Marie-Louise avait versé du vin à son père, mais, selon la nouvelle règle de la maison, tous les autres buvaient de l'eau.

« Vous ne prenez pas de vin? dit Carrier en regardant sa femme.

— Mais non, répliqua-t-elle, tu comprends bien que ta fille et moi, nous ne gagnons pas des mille et des cents et qu'il faut se serrer le ventre. »

Un profond soupir s'échappa de la poitrine de Jean; son rôle d'être inutile et impuissant commençait.

Marie-Louise aurait voulu arrêter les paroles sur les lèvres de sa mère; elle sentait l'effet pénible qu'elles avaient dû produire sur Carrier et elle souffrait autant que lui.

Ce fut bien pis quelques instants après lorsqu'elle voulut de nouveau verser du vin dans le verre de son père.

« Non, dit Jean, non, il ne faut pas que je boive de vin, le médecin me l'a défendu. Donne-moi de l'eau.

— Oh! mon père, dit Marie-Louise d'une voix suppliante.

— Ah ça, vas-tu laisser ton père tranquille, s'écria Mme Carrier, il n'est pas un invité chez lui, il est le maître; s'il lui plaît de boire de l'eau, donne-lui de l'eau. »

Le cœur de Marie-Louise se serra; les larmes montèrent à ses paupières avec tant de force qu'un instant elle crut qu'elles allaient s'échapper, mais si elle n'avait rien de la sécheresse de sa mère, elle possédait la même puissance de volonté et parvint à dominer son émotion.

Le repas s'acheva tristement et, aussitôt qu'il fut fini, Jean alla se coucher.

Tant que dura l'été, la vie de l'infirme, quoique bien monotone, fut supportable; il partait dès qu'il était habillé, allait s'asseoir sur un banc dans un square, causait avec des voisins, ou regardait jouer les enfants, mais quand les premiers froids se firent sentir, il fut obligé de rester à la maison dans la pièce ou sa femme travaillait, la seule qui fût chauffée.

Un supplice cruel commença pour le malheureux.

Pauline ne disait rien, mais chaque fois que ses yeux clairs et durs se levaient pour se fixer sur lui, Jean éprouvait une sensation de froid au cœur. Si l'infirmité de son mari obligeait Pauline à quitter un instant son ouvrage, elle le faisait avec une mauvaise humeur si manifeste que le pauvre homme hésitait souvent bien longtemps avant de lui demander le plus léger service.

Marie-Louise, tous les soirs, constatait sur le visage de son père un peu plus de tristesse que la veille et elle ne parvenait pas à la dissiper.

Les moindres actions de sa mère, la façon dont elle servait Jean à table, l'air de supériorité qu'elle avait pris depuis qu'elle seule gagnait de l'argent, tout cet ensemble de faits froissaient les sentiments délicats de la fillette.

Dans ces moments, elle redoublait d'attentions pour son père. Alors, Jean, à la dérobée, lui prenait la main et d'une voix profonde disait : « Ma fille, ma bonne fille ».

Ce seul mot suivi d'un soupir douloureux révélait à Marie-Louise toutes les souffrances du pauvre infirme.

L'été revint. Jean put reprendre ses promenades et éviter ainsi la présence de sa femme. Le soir, au retour de l'atelier, Louise rejoignait son père dans un jardin public et tous deux revenaient ensemble à la maison ; elle le soutenait, et lui, jouissait avec délices de la seule protection qu'il eût au monde.

Ces jours relativement heureux eurent une fin : l'hiver revint très rude ; les courtes promenades du père et de la fille cessèrent, et Jean se retrouva en face de sa femme plus dure que jamais avec ses grands yeux fixes et farouches, sa mauvaise grâce et sa brusquerie habituelles.

La seule, l'unique joie de Jean était la présence de sa fille tous les soirs.

Elle revenait à huit heures et, à partir de sept heures et et demie, il comptait les minutes, il écoutait et reconnaissait son pas sur le pavé de la cour et, quand elle était rentrée, il ne la quittait plus des yeux, ne perdant pas un seul de ses mouvements.

Marie-Louise n'était plus cette fraîche et gentille enfant que nous avons vue au début de ce livre, c'était une longue et mince fillette pâle, aux yeux cerclés de noir. Sans qu'elle s'en aperçût, le travail assidu auquel elle se livrait, les émotions et les angoisses qu'elle avait éprouvées au moment de l'accident de son père, les souffrances morales que lui infligeait la fatale passion de sa mère, enfin le régime peu réconfortant que Mme Carrier imposait à tout le monde, toutes ces causes avaient agi sur sa santé.

Elle s'anémiait visiblement et Jean fit cette remarque le premier.

Il en parla à Mme Bontoux, sa confidente, et lui demanda si elle s'en apercevait.

« Je crois bien que je m'en aperçois! Et Annette donc, qui pleure toutes ses larmes quand elle voit son amie revenir tous les jours plus pâle de l'atelier. Mme Carrier ne s'en doute pas; elle est si absorbée par le travail! Ce n'est pas moi qui lui en parlerais parce que, voyez-vous, monsieur Jean, c'est une brave femme que Mme Carrier, bien courageuse et une personne que j'admire beaucoup, mais enfin elle a un air à elle et, à bien des petites choses, il y a longtemps que j'ai vu que nous ne sympathiserions jamais. C'est à vous, monsieur Jean, à l'avertir, à l'engager à donner des fortifiants à sa fille : il lui faudrait du jus de viande, du quinquina, enfin des choses qui lui relèvent la santé. »

Jean rentra chez lui très préoccupé de l'état de sa fille; il se demandait comment il aborderait ce sujet avec sa femme.

Après avoir hésité toute la journée, vers le soir, il se décida à parler :

« Marie-Louise va bientôt rentrer, dit-il à sa femme.

— Oui! Eh bien?

— Regarde-la avec attention, poursuivit Jean, et tu verras comme elle est changée, comme elle a mauvaise mine; son dos se courbe, ses yeux sont entourés d'un cercle noir, ses lèvres sont blanches, enfin elle est anémique.

— Elle est peut-être un peu fatiguée, cela passera.

— Non, cela ne passera pas, dit Jean d'une voix plus ferme, si on ne la soigne pas sérieusement. Il faudrait la soumettre à un régime fortifiant, lui donner du fer, du quinquina, lui faire prendre des douches....

— Ah ça, tu deviens fou, s'écria Pauline, depuis que tu es allé dans ton hôpital, tu ne vois plus que par les médicaments. Est-ce que par hasard tu trouves que j'ai le moyen de soigner Marie-Louise comme une fille de prince?

— Marie-Louise est malade, plus malade que tu ne crois,

Pauline; quand tu t'en seras rendu compte, comme tu l'aimes, tu seras la première à lui donner les choses nécessaires et aucun sacrifice ne te coûtera pour cela.

— Taratata! Les belles phrases, les phrases à effet maintenant. Marie-Louise continuera à suivre le régime que j'ai moi-même, moi qui travaille deux fois comme elle et qui suis plus âgée.

— Je te répète que Marie-Louise a besoin d'être soignée en ce moment d'une façon particulière, et si tu ne veux pas t'occuper de sa santé, c'est moi qui m'en occuperai.

— Vraiment! Et avec quel argent, puisque tu ne peux pas gagner un sou?

— Avec quel argent? Avec celui qui est là, dit-il en se dirigeant vers l'armoire où sa femme serrait ses valeurs.

— Mon argent! s'écria Pauline en poussant un cri.

— Le mien, poursuivit Jean, car c'est moi qui l'ai gagné. »

Au moment où il mettait la main sur la clef de l'armoire, il recula, frappé de stupeur. Pauline, les yeux hors la tête, défigurée par la fureur, se plaça devant lui.

Jean, un moment effrayé, à la vue de ce visage convulsé, reprit son sang-froid.

« Allons, place, dit-il, je suis le maître, le chef de la famille, et je veux prendre de *mon argent* pour guérir ma fille. Entends-tu? poursuivit-il, je suis le maître. » Et il s'avança vers sa femme.

Pauline, que la colère aveuglait, le repoussa et il alla tomber à côté de son fauteuil. Pauline ouvrit l'armoire, saisit le portefeuille et son sac d'argent et courut les cacher ailleurs.

A ce moment, Marie-Louise rentrait. A la vue de son père évanoui, de son frère et de sa sœur muets d'épouvante dans un coin de la pièce, elle comprit que quelque chose de grave venait de se passer. Elle courut à son père et avec l'aide de

Nathalie, elle parvint à le faire revenir à lui et à le relever. Il s'assit dans son fauteuil.

Pauline plus sombre et plus farouche que jamais rentra dans la salle basse et l'on se mit à table. Personne ne put manger et Marie-Louise comprit que le malheur déjà si grand qui s'était abattu sur la maison allait prendre des proportions plus grandes encore.

Quand, le soir, elle voulut embrasser son père :

« Laisse-moi, dit-il, tout m'est égal maintenant, excepté ma vengeance. »

Tout s'écroulait autour de Marie-Louise. Son père ne voulait même plus être consolé.

La pauvre enfant, minée par la souffrance morale et par l'affaiblissement physique causé par l'anémie, se coucha en proie à un affreux découragement.

« Mon Dieu, s'écria-t-elle, comme je voudrais mourir!

— Oh! Louisette, ne dis pas cela, s'écria Joseph qui n'avait pu s'endormir. Laisse-moi aller avec toi. J'ai peur depuis que maman a jeté papa par terre; j'ai peur de tout, d'elle surtout et je ne dormirai qu'à côté de toi. »

Marie-Louise prit l'enfant près d'elle; il l'embrassa et finit par s'endormir sur son épaule.

« Pauvre petit, se dit-elle, c'est vrai qu'il n'a que moi; que deviendra-t-il si je meurs? Il faut que je me soigne, que je guérisse, que je lutte, que je les sauve tous, mais comment, mon Dieu, comment? »

IX

LE CALVAIRE DE MARIE-LOUISE

A partir de ce moment, Jean devint si sombre, si farouche, que Marie-Louise en était épouvantée. Il passait tout son temps les yeux fixés sur le foyer et son visage exprimait une haine sourde mais implacable.

Un matin, il sortit sans avertir sa femme et ne rentra que pour dîner.

Pauline s'aperçut immédiatement qu'il était ivre ; elle lui donna sa soupe et parvint non sans peine à le faire coucher. Tout en l'aidant à se déshabiller, elle demanda où et avec qui il avait bu.

« Ce sont des amis que j'ai rencontrés qui m'ont payé à boire, » dit-il.

Pauline le crut d'autant mieux qu'il n'avait pas d'argent à sa disposition. Il recommença plusieurs fois dans le mois et, quand Pauline lui faisait des reproches :

« Puisque ce n'est pas moi qui paie, » répondait-il.

Cette idée adoucissait un peu Pauline. Au fond, elle était bien aise d'être débarrassée de lui dans la journée sans que cela lui coûtât rien. Marie-Louise souffrait beaucoup de voir son père prendre des habitudes d'intempérance qui devaient être préjudiciables à sa santé et qui en même temps seraient bientôt un détestable exemple pour Joseph. L'anémie de Marie-Louise n'avait pas fait de progrès grâce à sa maîtresse d'atelier qui, la voyant pâle, avait deviné que la mauvaise nourriture devait être la cause de cet état de faiblesse. Elle avait proposé de nourrir complètement son ouvrière, Pauline avait accepté et, après un mois d'un régime réconfortant. Marie-Louise avait retrouvé ses forces. D'un autre côté, rentrant plus tard à la maison, elle ne se rendait pas entièrement compte des progrès que faisait la nouvelle passion de son père ; elle se sentait l'esprit plus tranquille et, avec cette puissance d'espoir qui est l'apanage de la jeunesse, elle pensait que, tôt ou tard, tout s'arrangerait.

Le jour de la Mi-Carême, sa maîtresse d'atelier lui donna congé à une heure de l'après-midi et Marie-Louise s'empressa de se diriger vers Ménilmontant. Tout en marchant, elle prenait un peu sa part de la gaîté générale et regardait cette foule grouillante se bombardant de confetti et s'enguirlandant de serpentins.

Arrivée chez ses parents, elle sonna comme d'usage : Nathalie vint lui ouvrir. La figure de l'enfant, si froide habituellement, était tellement bouleversée que Marie-Louise s'écria aussitôt :

« Il est arrivé quelque chose ici?

— Oui, dit Nathalie dont les dents claquaient encore de terreur.

— Où est mon père?

— Il est sorti.

— Et maman?

— Aussi.

— Et Joseph?

— Il est couché et bien malade, je pense. »

Marie-Louise, d'un bond, monta jusqu'à la chambre de son petit frère qu'elle trouva en proie à une fièvre intense et à un délire effrayant.

« Papa, prends garde, maman va te tuer, criait-il de toutes ses forces.

« Loulou, Loulou, oh ! viens, viens, ma Loulou.

— Me voilà », dit Marie-Louise.

Mais l'enfant, bien qu'il prononçât son nom, ne la reconnut pas.

Marie-Louise lui mit sur le front et aux poignets des compresses d'eau fraîche, puis descendit pour lui préparer une tisane calmante.

Pendant qu'elle vaquait à ces soins, Nathalie lui raconta que le matin un homme s'était présenté, porteur d'une note de marchand de vin se montant à quatre cents francs, et que sa mère avait dit à cet homme :

« Vous vous trompez, monsieur, ce n'est pas ici ; mon mari entre malheureusement souvent chez le marchand de vin, mais ce sont des amis qui paient pour lui ; d'ailleurs, avec la santé qu'il a, il serait bien incapable d'avoir bu pour quatre cents francs de vins et de liqueurs en si peu de temps.

— Pardonnez-moi, madame, dit le marchand de vin ; c'est bien de votre mari, Jean Carrier, qu'il s'agit. Il n'a pas bu tout cela seul, mais il paie à boire à tous ses amis, et il a demandé crédit en disant qu'il avait de l'argent placé et que sa femme paierait quand il le voudrait. »

« Ah ! poursuivit Nathalie, si tu avais vu la figure de maman pendant que cet homme disait tout cela ! Elle est arrivée à se contenir devant lui ; elle a pris la note et a dit : « C'est bien, j'examinerai cela ; j'en parlerai à mon mari et j'irai vous voir bientôt.

— Oui, a répondu le marchand, mais si vous n'avez pas payé dans huit jours, j'enverrai l'huissier, je vous en avertis. »

« Cet homme n'était pas plutôt parti qu'il en vint un second, puis un troisième. Figure-toi, Marie-Louise, que notre père a loué un appartement qu'il a fait meubler pour un de ses amis, c'est-à-dire pour un de ces ouvriers sans travail qu'il rencontre

« Papa était accompagné de deux ouvriers. »

chez les marchands de vin et qui l'exploitent. Enfin, il a fait pour quatre mille francs de dettes en trois mois !

« Quand les créanciers ont été partis et que j'ai entendu sur le pavé de la cour le bruit de la béquille de papa, j'ai eu tellement peur de ce qui allait arriver que j'ai été bien vite me cacher avec Joseph dans le petit coin de la salle. Papa était accompagné de deux ouvriers.

« Pauline, a-t-il dit, je te présente mes amis, mes meilleurs amis, on s'attache à ceux à qui on fait du bien, vois-tu, car je leur fais du bien ; ainsi Hector que voilà (et il désigna un

grand brun), je lui ai loué un joli logement que j'ai meublé de
mes deniers, même qu'on a dû t'apporter la carte à payer. Je
pense que tu as soldé sans sourciller, n'est-ce pas, Pauline?
et soldé avec *notre* argent, je veux dire avec *mon* argent car
c'est moi qui l'ai gagné. »

« Ainsi, tu es devenu fou !

— Non, a répondu papa, je ne suis pas fou, mais je me
venge, je me venge de tout ce que tu m'as fait souffrir, femme
sans cœur et sans pitié, et je te frappe dans ce que tu aimes,
dans ton argent. Et maintenant, je repars avec mes amis pour
manger le reste. »

« Ils sont sortis. Maman est tombée sans connaissance. J'ai
quitté mon coin, je l'ai fait revenir à elle avec de l'eau fraîche,
elle s'est levée ; elle a mis son chapeau, son manteau, mais,
Marie-Louise, si tu avais vu ses yeux, c'était effrayant. Quant
à Joseph, il était si terrifié qu'il a été pris d'un tremblement
dans tous les membres et je l'ai couché bien vite. »

Nathalie se tut.

Marie-Louise continuait à aller et venir en silence ; elle était
en proie à une profonde épouvante ; la réalité dépassait tout
ce qu'elle avait rêvé de plus affreux ; elle connaissait sa mère
et se demandait à quelles extrémités allait la pousser la perte
de ses économies.

Vers deux heures, on heurta à la porte. Marie-Louise ouvrit.
C'était son père que deux camarades ramenaient et soutenaient ; il était si pâle que Marie-Louise poussa un cri en le
voyant.

« Ce n'est rien, mademoiselle, dit l'un des hommes. Carrier
avait un peu bu et, dans la foule, il a été bousculé, il est tombé
et je crois qu'il s'est fait mal à la jambe qui lui reste. Il ne peut
pas marcher du tout ; il faudrait le coucher. »

Les deux hommes portèrent Carrier jusque dans sa chambre,

le déshabillèrent et l'étendirent sur son lit; il ne tarda pas à s'endormir d'un sommeil de plomb.

Pauline ne revint qu'à six heures du soir. Marie-Louise fut effrayée du changement qui s'était produit en elle : depuis le matin elle avait vieilli de dix ans. Elle s'assit devant la table toute servie mais fut incapable de manger; les deux fillettes ne purent avaler que leur soupe et, aussitôt après, Marie-Louise envoya Nathalie se coucher; elle voyait bien que l'enfant n'en pouvait plus.

Sans rien dire, Marie-Louise remit la salle en ordre. Mme Carrier se leva, alla vers sa machine à coudre qu'elle installa près de la lampe et se mit au travail.

Marie-Louise se demandait si elle allait parler à sa mère de l'accident arrivé à Carrier, lorsque, n'entendant plus depuis un moment le bruit de la machine, elle regarda du côté de sa mère et s'aperçut qu'elle avait la tête couchée sur sa machine.

Elle crut qu'elle pleurait et en ressentit une sorte de joie. Enfin ce cœur fermé jusqu'alors allait s'ouvrir et demander une sympathie! Marie-Louise s'approcha doucement et dit :

« Mère, ma chère maman, je suis là, moi, et je vous aime, je vous aime bien. »

Elle ne reçut aucune réponse. Effrayée de l'immobilité absolue de sa mère, elle la toucha et s'aperçut qu'elle était évanouie. Elle voulut la faire revenir à elle et ne put y parvenir; elle alla chercher la voisine, Mme Bontoux, qui essaya à son tour sans succès.

M. Bontoux courut chercher le médecin, qui ne vint qu'au bout d'une demi-heure. Le médecin fit immédiatement appliquer des sinapismes et introduisit quelques gouttes de liquide entre les dents serrées de la malade. Elle ouvrit les yeux, reprit un instant connaissance, puis retomba dans une sorte d'anéantissement.

Quand le médecin eut écrit l'ordonnance, Marie-Louise le conduisit vers son père; il l'examina et constata à la jambe une blessure qui nécessiterait un très long repos.

Il trouva Joseph en proie à une fièvre intense et fit une ordonnance pour lui.

Quand Marie-Louise l'interrogea sur sa mère, il lui dit qu'elle se remettrait peut-être mais qu'elle serait incapable de reprendre son métier de piqueuse à la machine.

Le médecin parti, Mme Bontoux offrit à Marie-Louise d'aller chez le pharmacien. Quant la voisine fut sortie, Marie-Louise chercha la bourse de sa mère et y trouva cinquante francs. C'était de quoi faire face aux premiers besoins, mais, avec trois malades, cette somme serait bien vite épuisée. C'est ce qui préoccupait surtout Marie-Louise. Elle ne se demandait pas, tant elle était courageuse et dévouée, comment elle arriverait seule à soigner et à veiller tout ce monde ; une autre y pensait pour elle; c'était Annette, qui frappa à la porte.

« Ma pauvre Louisette, lui dit-elle, maman m'a dit tous les chagrins qui tombent à la fois sur toi. Comme tu ne peux songer à soigner trois malades, il est entendu que nous veillerons à tour du rôle maman, toi et moi. »

Marie-Louise accepta simplement l'aide qu'on lui offrait de si bon cœur, puis les deux fillettes se mirent à causer des événements qui avaient amené l'affreuse situation où se trouvait la famille Carrier.

« Oui, dit Marie-Louise, si mon père continue, si ma mère ne peut plus travailler, c'est la misère à bref délai.

— Et tu crois, demanda Annette, que personne n'aurait assez d'action sur M. Carrier pour le faire changer de conduite?

— Ton père a essayé de lui donner quelques bons conseils, mais il ne voit plus que sa vengeance.

Elle se trouva en présence d'un petit homme à lunettes.

— Et, reprit Annette, si quelqu'un de plus autorisé que mon père lui parlait. Pourquoi ne vas-tu pas voir son ancien patron?

— M. Cardot?

— Oui, peut-être te donnerait-il un bon avis.

— Tu as raison, s'écria Marie-Louise, d'autant plus que M. Cardot, la dernière fois que je l'ai vu, m'a dit : « Mon enfant, si jamais vous avez besoin d'un appui, argent ou conseil, n'oubliez pas de vous adresser à moi ».

— Eh bien! dit Annette, voilà le moment.

— Oh oui. Et aussitôt que mes malades seront mieux, j'irai trouver M. Cardot et je lui raconterai tout. Je me confierai à lui comme je viens de me confier à toi. »

A ce moment, Mme Bontoux revint avec les médicaments : elle répéta à Marie-Louise les explications du pharmacien et partit avec Annette.

Marie-Louise alla voir ses malades et fit prendre à chacun ce que le docteur avait ordonné.

Huit heures sonnaient quand on frappa à la porte; elle courut ouvrir et se trouva en présence d'un petit homme à lunettes qu'elle ne connaissait pas et qui demanda :

« M. Carrier?

— Mon père est malade et couché.

— J'ai absolument besoin de lui parler.

— Il est si malade qu'il ne reconnaît personne.

— Ah! alors je vais parler à Mme Carrier.

— Ma mère est dans le même état que mon père.

— Mais alors c'est un hôpital, cette maison!

— Vous ne croyez pas si bien dire, monsieur, non seulement mon père et ma mère sont gravement malades, mais encore mon petit frère qui a le délire depuis hier.

— Le petit frère, ça m'est égal, reprit l'homme à lunettes,

mais quant à vos parents, ma belle enfant, il faut que je les voie malgré cette grande maladie qui leur a pris si subitement.

— Puisque je vous dis, monsieur, qu'ils n'ont pas leur connaissance.

— Ils la retrouveront en me voyant. Allons, trêve de grimaces : laissez-moi passer.

— Ah ça, mais vous allez laisser cette enfant tranquille, ou vous aurez affaire à moi ; on ne force pas le domicile des gens. »

L'homme à lunettes se retourna et se trouva en présence de Bontoux ; il changea de ton en voyant la solide carrure du ciseleur.

« Seriez-vous parent de Carrier, monsieur?

— Parfaitement, répondit Bontoux en faisant un signe à Marie-Louise, je suis son frère. Il est très malade, sa femme aussi ; ils ne peuvent vous répondre en ce moment. Qu'est-ce que vous voulez à Carrier?

— Je suis mandataire de ses créanciers et je viens demander l'argent qu'il doit.

— Dès qu'il ira mieux, il paiera.

— Bon, mais si dans huit jours il n'a pas payé, j'envoie du papier timbré. »

L'homme à lunettes remit sa carte à Bontoux et il partit.

« Qu'est-ce encore que cet homme? demanda Marie-Louise que cette visite avait bouleversée.

— Cet homme-là, dit Bontoux, est un de ces gens d'affaires véreux comme il y en a tant dans tous les quartiers ouvriers ; ils cherchent à embrouiller les affaires pour pêcher en eau trouble. Aussi il faut tâcher de payer avant l'expiration des huit jours et tirer des créanciers de bonnes quittances bien en règle. Dès que votre mère sera mieux, je lui parlerai. En attendant, ma pauvre enfant, bon courage pour cette nuit ; demain soir ma femme viendra vous remplacer. »

X

VISITE A L'USINIER

L e lendemain matin, de très bonne heure, Annette apporta une tasse de café à son amie.

« J'ai quelque chose à te conseiller, dit Annette, de la part de papa. Mes parents ont beaucoup parlé de toutes vos affaires et de l'homme à lunettes qui les inquiète par-dessus tout.

« Papa est d'avis que tu ailles dès aujourd'hui prendre conseil de M. Cardot. Maman apportera son ouvrage, et moi, je soignerai tes malades ; donc tu peux t'absenter sans crainte.

— Je vais y aller, dit Marie-Louise. Je partirai de façon à arriver au moment où M. Cardot quitte l'usine pour aller déjeuner ; comme cela, je serai sûre de ne pas le manquer.

— Et toi, où déjeuneras-tu ?

— Il y a une cantine pour les ouvriers. Je connais la femme qui la tient ; je mangerai chez elle. »

En arrivant à l'usine, Marie-Louise fut très étonnée de ne voir aucune fumée sortir de la haute cheminée ; elle sonna au domicile particulier de l'usinier et, à sa grande surprise, la porte lui fut ouverte, non par une servante, mais par Mlle Henriette Cardot elle-même.

Marie-Louise entra dans cette salle à manger qui lui avait paru si belle deux ans auparavant avec ses deux dressoirs pleins de vaisselle plate, ses belles chaises recouvertes de cuir, la grande suspension de bronze doré, les crédences richement sculptées.

Tous ces objets restés présents à la mémoire de Marie-Louise avaient disparu et étaient remplacés par un buffet de bois peint et huit chaises des plus ordinaires.

Sur la table, était dressé un couvert des plus simples. Henriette fit asseoir Marie-Louise et alla chercher son père.

Marie-Louise demeura confondue en voyant les ravages que deux années avaient opérés sur le visage et dans toute la personne de l'usinier.

Malgré les efforts qu'elle fit pour ne pas laisser deviner ses impressions, M. Cardot vit son étonnement.

« C'est à peine si vous me reconnaissez, mon enfant, dit-il, je suis bien changé. Le malheur s'est abattu sur ma maison ; s'il avait épargné ma personne, peut-être me serais-je relevé, mais, hélas ! je n'ai plus que peu de temps à vivre et il me faut assister passivement à ma ruine complète, au désespoir de ma femme, à l'impuissance de mes enfants trop jeunes pour se tirer d'affaire. »

En quelques mots, M. Cardot expliqua à Marie-Louise qu'il avait autrefois répondu pour son frère, que ce frère étant venu à mourir, il avait dû tenir ses engagements et qu'il était complètement ruiné. Son usine avait été fermée et, dans un mois, elle allait être vendue au profit des créanciers.

« Nous restons ici, dit-il à Marie-Louise, jusqu'à la vente de l'usine, mais nous cherchons un logement qui n'excède par les infimes ressources qui nous restent, en attendant que mon fils et ma fille aînée gagnent quelque argent, qui sait comment? »

Et le pauvre homme passait sa main longue et décharnée sur sa barbe toute blanche.

Ses yeux creux, son teint bistré attestaient qu'un mal incurable le minait.

« Ainsi, pensait Marie-Louise, celui dont j'attendais un con-

M. Cardot vit son étonnement.

seil, dans lequel j'avais mis tout mon espoir est lui-même plus malheureux que nous. »

« Et vous, ma chère enfant, demanda M. Cardot, vous désirez me parler?

— Oui, monsieur, j'étais venue pour vous demander un avis : depuis l'accident de mon père, le malheur s'est acharné sur nous sans relâche, et aujourd'hui, je me trouve dans un cruel embarras. »

A ce moment, Mme Cardot et sa fille entrèrent. La femme

de l'usinier avait bien changé, elle aussi, cependant sa consti-
tution physique ne semblait pas atteinte.

Moralement, elle avait dû souffrir beaucoup, et sa figure
exprimait un sombre découragement.

M. Cardot lui rappela que Marie-Louise était la fille de son
ancien contremaître Carrier.

« C'est de l'accident de ce malheureux garçon que datent
toutes nos tristesses, dit-elle.

— C'est vrai, mais nous parlons toujours de nous ; à votre
tour, mon enfant, dites-nous ce qui vous amenait. »

Marie-Louise exposa la situation de ses parents ; elle le fit
en palliant le plus possible l'attitude de sa mère vis-à-vis de
son mari infirme, mais M. Cardot avait jugé cette femme, et il
devina ce que la pudeur filiale de Marie-Louise essayait de
lui cacher.

Mme Cardot et sa fille aînée, tout entières au récit si poi-
gnant dans sa simplicité du douloureux martyre de la pauvre
enfant, se regardaient, n'osant se trouver malheureuses en
songeant aux souffrances de Marie-Louise et à celles qui
l'attendaient encore.

M. Cardot avait écouté silencieusement et il réfléchissait.

« Mon enfant, dit-il à Marie-Louise, il m'est impossible de
donner aucun emploi à votre père puisque ma chère usine
est fermée, mais je vais écrire à un de mes amis, M. Dussart,
qui est juge au tribunal civil, il vous aidera à sortir des griffes
de cet homme d'affaires, qui m'a tout l'air d'un malhonnête
homme.

« Après, lorsque Carrier se lèvera, si ma santé le permet,
j'irai le trouver, je lui parlerai raison et tâcherai de l'empêcher de reprendre ses mauvaises fréquentations, mais il ne
faut pas se dissimuler que, lorsqu'un ouvrier a pris la funeste
habitude de boire, il est bien difficile de la lui faire perdre. »

Marie-Louise se levait pour prendre congé.

« Non, dit M. Cardot, vous allez déjeuner avec nous; je veux que mon fils vous voie; qu'il sache ce que vous avez supporté et apprenne de vous ce que peuvent le dévouement et le courage. »

La sonnette retentit juste à ce moment, et un grand garçon de dix-sept ans entra dans la salle : c'était Pierre Cardot. Il se rappela très bien Carrier qu'il aimait beaucoup et fut peiné des tristes nouvelles apportées par Marie-Louise.

On se mit à table.

« Père, dit Pierre en s'asseyant, j'ai une place!

— Une place! est-ce possible?

— Oui; tu sais que j'étais allé voir le proviseur du lycée où j'ai fait mes études pour lui dire que notre situation actuelle ne me permettait plus de les continuer; en même temps je lui ai demandé s'il ne pourrait pas me donner quelque recom-. mandation pour obtenir un emploi. Il m'a donné deux lettres, mais en ne me dissimulant pas que j'étais bien jeune, bien inexpérimenté et qu'il ne savait pas si je réussirais à obtenir un emploi rétribué. Dans les deux maisons où il m'avait recommandé, je fus admirablement reçu et on me fit les plus chaudes, mais en même temps les plus vagues promesses. Vous savez comme moi le cas qu'il faut faire de cette eau bénite de cour. Je m'en allais l'oreille basse lorsqu'en traversant le pont Notre-Dame, je me trouvai face à face avec Esteban Daquilar, un de mes camarades de lycée, un garçon d'un naturel un peu froid. Il avait entendu parler de la fermeture de l'usine et, au lieu de me tourner le dos comme certains l'ont fait depuis notre ruine, il m'aborda d'une façon très cordiale, et cet accueil peu en rapport avec sa réserve habituelle était certainement voulu. Touché de cette preuve de délicatesse et encouragé par son attitude, je lui contai

toute l'étendue de nos malheurs et lui dis que mon plus cher
désir était de gagner quelque argent.

« Veux-tu, me dit-il, venir jusqu'à la maison de mon père ;
tu sais que nous sommes Colombiens : d'origine espagnole par
mon père, anglaise par ma mère. Mon père ayant des relations avec les deux pays a fondé une maison de commission
qui a pris une extension considérable et je crois qu'il pourra
te donner un bon conseil. »

« J'acceptai sans me faire prier. Esteban entra dans un
bureau de poste et demanda par téléphone à son père s'il
pourrait nous recevoir.

« Amène ton camarade à onze heures vingt-cinq », lui fut-il
répondu.

« A onze heures vingt-trois, nous arrivâmes à la maison
Daquilar qui est une véritable administration. Deux minutes
après, nous étions devant M. Daquilar, un grand Américain
aux yeux noirs perçants ombragés par d'épais sourcils également noirs et contrastant avec une moustache et des cheveux
tout blancs. Esteban me présenta, disant en quelques mots
qui j'étais et la raison qui m'amenait.

« Vous désirez un emploi! dit alors M. Daquilar, et de quoi
vous reconnaissez-vous capable?

— J'essaierai de faire de mon mieux le travail qu'on
voudra bien me confier, répondis-je d'un air modeste.

— Ce n'est pas là une réponse précise; je vais procéder par
questions et j'attends de vous la plus grande franchise. Vous
savez naturellement lire, écrire, faire vos quatre règles; passons. Avez-vous quelque idée de la tenue des livres?

— Aucune.

— Connaissez-vous à fond la géographie commerciale?

— Non, monsieur. J'ai quelques notions de cette science,
mais je ne puis dire que je la connaisse à fond. »

M. Daquilar est un grand Américain aux yeux noirs.

« M. Daquilar me posa encore quelques questions et, chaque fois, je dus lui répondre négativement. Il haussa les épaules.

« Singulière manière d'élever un garçon! dit-il. Rien de pratique. Une instruction de rêveur, d'idéologue. Vous ne pourrez être utile en rien ici, » ajouta-t-il.

« A ce moment, le timbre d'appel du téléphone retentit. M. Daquilar écouta et répondit en anglais : « Venez dans cinq minutes », et s'adressant à son fils il ajouta :

« Emmène ton camarade; je ne veux pas me charger d'un employé inutile. »

« Je rougis et je répondis dans la même langue :

« Je suis fâché, monsieur, de vous avoir fait perdre un temps précieux.

— *All right*, s'écria-t-il, vous parlez anglais?

— Oui, monsieur! Je l'écris bien aussi. Ma sœur avait une institutrice anglaise qui parlait constamment avec nous et nous a enseigné cette langue très sérieusement.

— Eh! Que ne le disiez-vous? Je vous prends si vous savez l'anglais; mon secrétaire est malade; vous le remplacerez jusqu'à son rétablissement. Je vous jugerai pendant ce temps et, quand il sera de retour, je vous placerai ailleurs. Voici ce que vous aurez à faire : le matin, en arrivant, dépouiller toutes les lettres ne portant pas la mention « personnelle »; résumer sur un cahier le contenu de cette correspondance de façon que je puisse me rendre compte en une lecture rapide de la teneur de chaque lettre. Après, je vous dicterai soit en anglais, soit en français la réponse, puis je vous donnerai différents travaux. Ah! j'oubliais : en arrivant, le matin, comme vous aurez une double clef de mon cabinet, c'est vous qui le balaierez, l'essuierez et le frotterez. Personne que mon secrétaire ne doit entrer avant que la correspondance ne soit ouverte. D'ailleurs, il est bon qu'un jeune homme ait fait tous les métiers honnêtes. Tel que vous me voyez, j'ai été décrotteur; je ne m'en porte pas plus mal. Vous aurez cent vingt francs par mois. A demain, monsieur. »

« Telle a été mon entrevue avec mon futur patron. C'est le pied dans l'étrier; je suis bien heureux de ne plus être une charge pour vous.

« Hé bien! tu n'es pas contente? demanda Pierre en observant le pli qui s'était creusé sur le visage de Mme Cardot.

— Que veux-tu, mon enfant, l'idée qu'on te fait balayer, essuyer, frotter un bureau me navre; cet homme te prend pour un domestique.

— Qu'importe, si je gagne ma vie! D'ailleurs, il ne m'emploie pas qu'à cela. Dès que j'aurai fini l'installation du bureau, je dépouillerai la correspondance: Quand je suis sorti avec Esteban, il m'a dit : « Peut-être l'idée de nettoyer le bureau te contrarie-t-elle. Vous autres, Français, mettez votre amour-propre à ne pas faire certaines besognes; en Amérique, ce sentiment n'existe pas et il n'est pas rare dans les Universités qu'un étudiant pauvre cire les bottes, taille les cheveux de ses camarades le matin et se retrouve quelques heures après avec eux écoutant les mêmes cours. Les étudiants riches ne songent pas un instant à s'étonner de cette manière d'agir; on a besoin d'argent; tout travail honnête est bon pour s'en procurer et on ne connaît pas dans notre pays ce que vous appelez des besognes avilissantes. Il n'y a d'avilissant que la paresse et l'abandon de soi-même. »

— Les réflexions de ton camarade sont justes, dit M. Cardot : la fausse honte que nous éprouvons à accomplir certains travaux pour lesquels nous ne nous croyons pas nés est un

préjugé, un reste invétéré de cette division des classes que la
Révolution a voulu supprimer mais qui subsiste quand même
dans l'esprit de la nation. Ce qui m'afflige le plus, poursuivit
M. Cardot, c'est l'opinion de M. Daquilar sur l'instruction
que tu as reçue. J'avais l'intention, une fois tes classes finies,
de te faire travailler pour l'École Centrale et, après, de t'envoyer à l'étranger pour te familiariser avec les procédés indus-
triels des autres nations et avec leurs langues. Quand j'ai vu
que mes affaires prenaient une mauvaise tournure, dès que
j'ai eu de l'inquiétude pour l'avenir, j'aurais dû changer
immédiatement de voie et t'armer pour entrer plus vite dans
la vie active, mais j'avais tant de soucis, tant de préoccupations, puis j'espérais toujours me relever, enfin je ne croyais
pas ma santé atteinte et je comptais sur mon travail pour vous
procurer, sinon l'aisance dont vous aviez joui jusqu'alors, au
moins le nécessaire jusqu'au jour où vous auriez pu vous tirer
d'affaire vous-mêmes. Hélas! tout me manque à la fois et
maintenant mon malheur se double du regret et du remords
d'avoir été imprévoyant. »

Et des larmes tremblaient aux cils du pauvre usinier.

Pierre se leva et l'embrassa tendrement :

« Cher père, ne vous reprochez rien, lui dit-il, vous avez
été le meilleur des pères; l'affection, la tendresse que ma mère
et vous m'avez mises au cœur valent mieux peut-être que
l'éducation pratique dont vous parlez. Croyez-vous qu'envoyé
jeune à l'étranger, n'ayant pas partagé vos angoisses, assisté
à vos efforts, j'aurais pour vous, pour ma mère, pour mes
sœurs, un amour aussi profond? Éducation de rêveur, d'idéologue, a dit M. Daquilar; je lui prouverai ce que peut un fils
dévoué et respectueux qui a reçu de son père des exemples
constants de loyauté et de travail, de sa mère des leçons de

tendresse et d'abnégation, et il trouvera peut-être un jour que cette éducation-là est la meilleure.

— Cher enfant, s'écria M. Cardot, très ému, tes paroles me rendent bien heureux. Il ne faut pas se plaindre, ajouta-t-il en s'adressant à sa femme, quand on a des enfants qui ont de pareils sentiments. »

XI

LA LUTTE POUR LA VIE

Quand l'émotion causée par cette petite scène fut calmée,
M. Cardot s'adressant à son fils lui dit : « Redevenons
pratiques, mon ami, établissons notre budget.

— C'est cela, soyons Américains, dit Pierre gaiement.

— Il faut, poursuivit M. Cardot en s'adressant à sa femme,
faire aller le ménage avec la plus stricte économie sans pour
cela qu'aucun de nous souffre de la mauvaise nourriture ou du
froid.

« Il vous faudra, Henriette et toi, apprendre à préparer une
nourriture saine et solide avec peu d'argent. Mais, j'y songe,
ajouta-t-il en s'adressant à Marie-Louise, chez vous aussi, il y
a cinq personnes. Savez-vous, mon enfant, à combien s'élève
la dépense de la maison chez vos parents?

— Oh! répondit Marie-Louise, ce n'est pas la même chose,
nous autres, nous.... »

La fillette s'arrêta, ne trouvant pas d'expression pour rendre
sa pensée.

« Il faut que cela devienne la même chose, ma chère enfant,
dit doucement Mme Cardot, et vous me rendriez un véritable

service en me donnant tous les renseignements nécessaires à l'organisation de notre nouvelle existence. Comme vous ne pouvez aller chez M. Dussart qu'à quatre heures, vous nous initierez à tous les détails de notre vie matérielle, surtout pour les aliments.

— Moi, dit Henriette, j'ai aussi un service à vous demander. Je désire avoir tous les renseignements nécessaires pour entrer en apprentissage.

— En apprentissage! toi? dit M. Cardot pâlissant légèrement.

— Mais certainement, mon père; avez-vous pensé que je laisserais à Pierre toute la charge à porter, quand je peux en prendre ma part?

— Tu pourrais peut-être, en passant tes examens....

— Non, cher père, j'y ai bien réfléchi : la carrière d'institutrice est maintenant inabordable pour celles qui ont, comme moi, besoin de gagner vite. Il n'y a que deux voies qui me conviennent : un métier, ou un emploi dans le commerce. Je préfère apprendre un métier et le connaître à fond; la difficulté est de savoir lequel je choisirai. Je n'ai aucune aptitude spéciale, mais je suis pleine de bonne volonté, de courage et, avec du travail, je crois que je réussirai.

« Pouvez-vous, poursuivit-elle en revenant à Marie-Louise, me parler des différents métiers que vous connaissez pour les jeunes filles et du temps d'apprentissage qu'ils exigent?

— Vous êtes bien sûre, mademoiselle, demanda Marie-Louise, de n'avoir aucune disposition particulière, car c'est beaucoup de faire son métier avec plaisir?

— Non, aucune. Comme toutes les jeunes filles, j'ai appris à coudre, à faire du crochet, de la broderie, mais c'est tout.

— Eh bien! mademoiselle, dit Marie-Louise, dès ce soir, je prendrai des renseignements auprès d'une de nos voisines, une

personne fort intelligente et qui ne m'a jamais donné que
d'excellents avis.

— Voici les rôles renversés, dit M. Cardot, c'est nous qui
allons devenir vos obligés. »

Pendant cette conversation, le déjeuner avait pris fin. Henriette, aidée de sa mère, avait remis tout en place et Charlotte
avait apporté ses jouets. La douce figure de Marie-Louise avait

Charlotte avait apporté ses jouets.

fait tout de suite la conquête de l'enfant, aussi tenait-elle à lui
présenter ses poupées.

Elle en avait quatre toutes habillés avec des costumes de
carnaval, l'une en Pierrette, une autre en danseuse espagnole,
la troisième en dame du moyen âge coiffée du hennin, la dernière en almée.

« Quels ravissants costumes! dit Marie-Louise.

— N'est-ce pas? Oh! elles en ont bien d'autres.

— Vraiment ! On vous les a données avec tant de costumes ?

— Non. C'est ma sœur Henriette qui les fait. Elle a des images coloriées et, avec de vieux morceaux d'étoffes à maman ou à elle, elle copie les images. »

À ce moment, Henriette revenait de la cuisine.

« Mais, mademoiselle, lui dit Marie-Louise, vous cherchez à apprendre un métier, vous en savez un.

— Je ne vous comprends pas.

— Votre petite sœur me dit que vous avez fait ces costumes, vous n'avez qu'à continuer. Je vous adresserai à la voisine dont je vous parlais, qui est habilleuse de poupées ; elle vous procurera de l'ouvrage et je crois qu'avec le goût naturel que vous avez, vous gagnerez de bonnes journées, car vous pourrez créer des modèles. »

Henriette prit les mains de Marie-Louise.

« C'est la Providence qui vous a envoyée ici aujourd'hui, lui dit-elle.

— Hélas ! non, répondit la pauvre enfant, c'est le malheur. »

Et jetant un regard sur la pendule, elle s'aperçut que c'était le moment d'aller, munie de la recommandation de M. Cardot, chez le magistrat qui devait lui prêter son appui contre les louches entreprises de l'homme d'affaires.

Elle quitta la famille Cardot. Il fut convenu que le dimanche suivant, Pierre conduirait sa sœur rue de Ménilmontant pour causer avec Mme Bontoux, lui montrer ce dont elle était capable et recevoir ses conseils.

Tout en se dirigeant vers la demeure du magistrat, Marie-Louise faisait une comparaison entre ses malheurs et ceux de la famille Cardot. Certes, c'était bien affreux de passer de la fortune à la gêne, d'une vie de luxe et d'aisance à une existence

Le magistrat lut attentivement la lettre de son ami.

hantée par le souci du pain quotidien, mais, au milieu de toutes ces traverses, la famille restait unie, tous les membres se soutenaient, et si l'un d'eux avait senti le découragement le gagner, il aurait puisé de l'énergie dans l'affection des autres.

« Chez nous, pensait Marie-Louise, ce n'est ni l'argent, ni le courage qui ont manqué, c'est le cœur, c'est la tendresse, c'est la pitié. »

Elle fut bien accueillie par le magistrat qui lut attentivement la lettre de son ami.

« Mon enfant, lui dit-il, je ne peux directement vous servir dans le cas présent. Il faut qu'une personne, investie d'un pouvoir régulier de votre mère, puisse traiter avec l'homme d'affaires dont il est question dans cette lettre. Je vais vous adresser à M. Lantier, huissier à Ménilmontant; c'est un fort honnête homme et, de plus, très habile en affaires. Il connaît certainement le quidam en question et règlera tout au mieux de vos intérêts.

« Maintenant, étant données la funeste passion de votre père et les conséquences désastreuses qui en sont la suite, je vous engage beaucoup à dire à votre mère de faire interdire son mari; de cette façon, il ne pourra plus contracter de dettes, attendu qu'on ne lui fera plus crédit. »

Voyant que Marie-Louise ne comprenait pas ce que c'est que l'interdiction, il le lui expliqua.

Tout en parlant, le magistrat écrivait une lettre pour l'huissier; il la remit à Marie-Louise qui prit congé en le remerciant.

Il était environ quatre heures et demie.

Marie-Louise, quoique bien fatiguée, ne voulut pas prendre d'omnibus et, tout en marchant, elle cherchait toujours le moyen de remédier à l'affreuse situation créée par la fatale passion de sa mère.

Faire interdire son père, c'était une solution et, en l'indiquant, le magistrat pensait avoir pourvu à tout puisque cela sauvait la caisse, mais il y a des plaies morales plus terribles encore que celles de l'argent.

Marie-Louise se disait :

« Une fois que, légalement, mon père ne sera plus rien dans la maison, que ma mère aura tous les droits, quel ne sera pas son despotisme!

« Sa maladie ne lui permettra pas de travailler; il n'y aura que mon salaire, trop faible encore, pour faire subsister toute la famille.

« Il faudra donc, bon gré, mal gré, se servir de l'argent des économies; ma mère ne le voudra pas; ce sera chaque fois une lutte affreuse.

« D'un autre côté, à quelles extrémités mon père, ne pouvant plus satisfaire sa vengeance, ne se livrerait-il pas?

« Quelle vie! pensait-elle, pour lui, pour mon pauvre petit frère, pour nous tous! »

Marie-Louise ne se dissimulait pas que la visite de M. Cardot et ses conseils n'auraient qu'une influence relative, et en tout cas passagère, sur son père, et elle voyait dans quelques semaines l'abîme se rouvrir devant elle.

XII

LA LETTRE DE TOUSSAINT

QUAND Marie-Louise arriva rue de Ménilmontant, la concierge lui remit une lettre; elle regarda l'adresse et reconnut l'écriture de son jeune cousin Fautras. On s'était écrit une ou deux fois après la rencontre de Nogent, puis la correspondance avait cessé.

On n'avait pas parlé aux Fautras de l'accident arrivé à leur cousin; d'autres soins avaient absorbé Mme Carrier, qui d'ailleurs ne se souciait pas de payer des affranchissements.

Marie-Louise serra la lettre dans sa poche et entra; les malades avaient été assez calmes. Marie-Louise raconta à Annette et à sa mère les événements de la journée, mais elle s'abstint de parler du conseil de faire interdire son père donné par le magistrat.

Il fut convenu que Bontoux irait chez l'huissier et Mme Bontoux promit d'aider Mlle Cardot à trouver de l'ouvrage.

« Somme toute, dit Mme Bontoux, ce n'est pas une mauvaise journée; vous allez être débarrassée de l'homme d'affaires; pendant ce temps, on soignera les malades le mieux possible. Après, on verra. Vous savez, ajouta-t-elle, qu'Annette veille

cette nuit; nous allons retourner chez nous pour préparer le
dîner; Annette reviendra vers huit heures et vous vous cou-
cherez. »

Marie-Louise ne fit aucune observation. Restée seule, tout
en s'occupant de ses malades, elle pensait aux derniers mots
de Mme Bontoux : « Après, on verra ».

Que verrait-on? De nouveaux malheurs! De nouvelles cata-
strophes? Elle songea alors à la lettre du jeune Fautras et la
lut.

Voici ce qu'il disait :

    « Ma chère cousine,

« Je profite de la saison d'hiver, où nous sommes beaucoup
moins occupés, pour vous demander de vos nouvelles et vous
donner des nôtres.

« Les santés sont très bonnes ici, et mon bras me sert aussi
bien qu'avant mon accident.

« C'est très heureux, car il ne manque pas de travaux chez
nous. Tant que dure le jour, on trouve à s'occuper.

« Ce qui me plaît dans la culture, c'est qu'on ne fait pas
toujours la même chose et qu'on travaille en plein air. J'aurais
eu bien de la peine à m'habituer dans une usine, comme mon
cousin; je me croirais en prison.

« Je préférerai toujours une chaumière et assez de terre pour
nourrir deux vaches aux plus beaux salaires dans une ville.

« Je vous fais rire, ma cousine, vous qui maintenant êtes
presque une demoiselle, bien habillée comme le sont toutes
les dames de Paris.

« Si vous me rencontriez couvert d'une blouse, charriant du
fumier, ou nettoyant les étables, vous me plaindriez peut-être
et vous mettriez votre mouchoir sous votre nez.

« Que voulez-vous? Je suis ridicule peut-être, mais rien ne

me paraît plus beau qu'une prairie bien en herbe avec des
bestiaux bien soignés dedans.

« Il y en a beaucoup qui sont d'un autre avis, ma cousine,
et qui préfèrent la ville ; ainsi, à un quart de lieue de chez
nous, il y a une jolie petite terre qui a été bien engraissée,
bien soignée par son propriétaire, un vrai petit bijou de terre.
Le propriétaire est mort ; il n'a qu'une fille mariée à un
employé du chemin de fer. Ces gens habitent à la ville un
méchant appartement de trois pièces où on n'a pas quasiment
la place de se retourner ; le mari travaille dix fois comme moi
à son chemin de fer, dans le charbon et la fumée. Ces gens
pourraient vivre tous dans la jolie maison de leur père, faire
valoir leur terre et y gagner plus d'argent en se donnant bien
moins de mal ; eh bien ! ils aiment mieux rester dans la ville
où ils sont serrés comme des harengs dans un baril ; ils vont
vendre cette jolie terre, probablement pas cher, car tout le
monde a maintenant la folie de la ville et les amateurs sont
rares.

« Si ça se vend neuf mille francs, ce sera tout le bout du
monde, et il y a au moins trente vergées dont vingt-sept en
herbe et trois en labour, de quoi avoir trois vaches et un
cheval, ce qui rapporte bon an, mal an, quinze cents francs.

« Quand je pense que j'ai entendu défunt mon grand-père
dire que ce bien-là valait de son temps vingt-cinq mille francs !
C'est triste !

« En voilà du bavardage sur des choses qui ne vous intéressent pas, ma cousine ; si vous étiez seulement venue nous voir
comme nous le désirons tous, je pourrais vous parler du pays,
mais vous ne le connaissez pas. Il n'y a donc pas moyen,
même pour peu de temps, que vous quittiez votre beau Paris
dans lequel je me trouverais aussi malheureux qu'un écureuil
dans une bouteille ? Nous serions si heureux de vous recevoir !

7

Je vous prie, ma chère cousine, d'offrir mes respects à vos parents ; les miens se joignent à moi pour vous embrasser tous les cinq de tout notre cœur.

« Votre bien affectionné cousin,

TOUSSAINT FAUTRAS.

« Pauvre Toussaint, pensa Marie-Louise, il s'imagine que j'aime ce Paris où depuis deux années je n'ai eu que des tristesses. Comme il se trompe ! »

Marie-Louise dormit bien cette nuit-là, ce qui lui rendit des forces. Vers huit heures, le médecin fit sa visite ; il n'y avait pas de changement dans l'état des malades. Il annonça à Marie-Louise qu'il avait fait admettre Carrier à Lariboisière et qu'une voiture d'ambulances viendrait le prendre à une heure.

Marie-Louise protesta d'abord.

« Il est impossible, dit le médecin, que vous soigniez trois personnes et surtout un homme infirme qu'il faut presque porter. Il sera beaucoup mieux à l'hôpital et vous pourrez vous consacrer aux deux autres malades. C'est déjà suffisant pour une enfant de votre âge. »

Le raisonnement était si juste que Marie-Louise ne put rien répondre, mais quand on emmena son père, son cœur se serra douloureusement.

Le soir, M. Bontoux vint la trouver. Il avait été chez l'huissier.

« Ce monsieur, dit-il, sur la recommandation du magistrat, prend en main votre affaire ; il connaît l'individu à lunettes qui est un très malhonnête homme et qui ruinerait vos parents si l'on n'y mettait bon ordre. M. Lantier sait comment il faut s'y prendre avec ces gens-là, il espère faire réduire les notes, qui ont dû être majorées, et pense qu'avec trois mille francs votre mère en sortira. C'est déjà gentil. Aussi, pour que Carrier ne recommence pas, il va conseiller à votre mère de le faire interdire. »

Marie-Louise ne dit rien, mais elle se promit d'intercéder auprès de l'huissier pour qu'il ne parlât pas de l'interdiction avant le retour de Carrier.

XIII

L'IDÉE DE JOSEPH

Quinze jours s'étaient écoulés et l'horizon semblait s'éclaircir dans la maison Carrier, Joseph était en convalescence et commençait à se nourrir d'aliments légers; le médecin avait dit qu'il pourrait se lever dans quelques jours.

Mme Carrier avait quitté le lit depuis deux jours, mais une grande faiblesse lui restait.

Elle avait vu l'huissier et avait, sur son conseil, acquitté les dettes de son mari. Il avait fallu vendre pour trois mille francs de valeurs. Le coup avait été bien rude et, dans l'oisiveté de sa convalescence, elle ne pensait qu'à ce cruel sacrifice et aux frais occasionnés par sa maladie et celle de Joseph. Le capital, qui, au moment de l'accident de Carrier, s'élevait à dix-huit mille francs auxquels étaient venus s'ajouter les cinq mille francs de l'usinier et mille francs, qu'en ces deux dernières années, elle était parvenue à économiser, soit vingt-quatre mille francs, allait être réduit, une fois tous les frais payés, à vingt mille francs qui, à trois pour cent, rapporteraient six cents francs.

Au moment où Mme Carrier achevait, non sans fatigue, ce calcul, le médecin entra.

Il trouva sa malade rouge, la tête brûlante.

« Vous n'avez rien fait, au moins? demanda-t-il.

— J'ai fait des comptes.

— Mais je vous avais défendu toute espèce de travail. Vous ne devez prendre aucune fatigue. C'est déjà beaucoup de vous lever et de vous coucher.

— Enfin, c'est un moment à passer. Bientôt, je pourrai reprendre mes occupations.

— Ma foi, madame, reprit le médecin, il faut que je vous parle franc : vous allez certainement, du moins je l'espère, retrouver des forces et vous pourrez vous acquitter des soins du ménage; mais je dois vous avertir qu'il ne faut pas songer à reprendre votre métier; vous ne seriez pas huit jours sans avoir une nouvelle crise beaucoup plus grave que la première. Donc, arrangez-vous, trouvez un moyen pour gagner votre vie à l'air, mais pas dans une chambre et pas par un travail assidu. »

Lorsque Marie-Louise, après avoir reconduit le docteur, revint près de sa mère, elle la trouva pleurant à chaudes larmes.

« Je n'ai plus qu'à mourir, si je ne peux plus gagner ma vie, murmurait-elle au milieu de ses sanglots.

— Mère, dit Marie-Louise, que dites-vous? Vous avez de l'argent, il faut vous soigner.

— Prendre mon argent pour moi? Jamais. D'ailleurs, poursuivit-elle farouche, ton père, une fois sorti de l'hôpital, aura vite fait de manger le reste. Et n'avoir aucun moyen de l'en empêcher! s'écria-t-elle.

— Si, pendant qu'il est à l'hôpital, nous changions de quartier, hasarda Marie-Louise.

— J'y ai pensé, répondit Mme Carrier, mais dans un autre quartier, il trouvera aussi des camarades pour boire avec lui.

— Si nous envoyions mon père chez les cousins Fautras en Normandie, cela changerait ses idées et l'éloignerait de ses mauvaises fréquentations. »

Mme Carrier, un moment séduite par cette idée, secoua bientôt la tête.

« Non, dit-elle, c'est impossible : bien je ne l'aie jamais vue, je connais la cousine Fautras par ce que m'en a dit ton père : c'est une femme qui aurait été très aimable nous sachant dans l'aisance; mais, nous voyant gênés, elle ne tiendra pas du tout à recevoir un infirme dont il faudrait s'occuper. Et puis, cela ne pourrait avoir qu'un temps, et quand il reviendrait, il recommencerait. »

Marie-Louise, sentant la justesse de l'observation de sa mère, se tut et retourna vers Joseph à qui elle porta un bouillon.

Pendant que l'enfant buvait, elle lui lut, pour le distraire, la lettre de Toussaint.

« Alors, dit Joseph, la campagne, c'est comme si c'était partout le Bois de Vincennes?

— A peu près, dit Marie-Louise, et avec beaucoup d'animaux dedans.

— Comme j'aimerais cela, dit Joseph, au lieu de ces vilaines maisons qui n'en finissent plus. Dis, Marie-Louise, c'est beaucoup d'argent, neuf mille francs?

— Oui, pourquoi?

— Parce que, si on les avait, on pourrait l'acheter, cette maison, à cet homme qui ne veut pas y vivre, et nous, nous irions tous. Papa serait peut-être content dans son pays. »

Marie-Louise, sans attendre la fin des réflexions de Joseph, descendit quatre à quatre l'escalier et présentant la lettre de Toussaint à sa mère :

« Lisez, lisez, maman. »

Mme Carrier lut et rendit la lettre à sa fille.

« Eh bien! maman, vous n'avez pas l'idée, la même idée que Joseph?

— Quelle idée?

— Joseph trouve que vous devriez acheter cette terre de

Marie-Louise lui lut la lettre.

neuf mille francs, et il a bien raison. Le médecin dit que le travail assidu dans une chambre vous ferait du mal, mais que le travail à l'air ne vous ferait que du bien. Mon père ne trouverait plus là ces mauvais camarades qui l'entraînent. Vous vivriez, nous vivrions tous sur cette terre et nous pourrions mettre de côté presque tout l'argent qu'elle rapporterait. »

Mme Carrier écoutait Marie-Louise et peu à peu la conviction de sa fille entrait en elle : mais elle était très fatiguée par toutes les émotions de la journée, elle dut se coucher.

« Ton idée est bonne, très bonne même, dit-elle, une fois

dans son lit; je vais dormir et demain nous prendrons un parti. »

Quant à Marie-Louise, pour la première fois, depuis ces deux mortelles années, il lui sembla qu'un peu de soleil allait entrer dans sa vie.

XIV

GRAVES RÉSOLUTIONS

Quinze jours s'étaient écoulés depuis la réception de la lettre de Toussaint et, pendant ces quinze jours, bien des résolutions avaient été prises.

Henriette Cardot, sous la direction de Mme Bontoux, avait soumis des modèles de vêtements de poupées dans les magasins ; ils avaient été acceptés et la jeune fille avait reçu une importante commande. De plus, Mme Bontoux avait donné à Henriette une robe faite au crochet pour poupée en caoutchouc, Mme Cardot l'avait copiée et ne tarda pas à acquérir dans ce travail une certaine habileté. Cela lui permit, dans les intervalles que lui laissaient les soins du ménage, de gagner quelque argent.

Pauline avait écrit à son cousin Fautras pour avoir des détails précis sur la terre à vendre dont parlait Toussaint, et le père ayant encore renchéri sur les éloges de son fils, Mme Carrier, après avoir bien réfléchi, s'était décidée à l'acheter. Il fut convenu que Marie-Louise confierait ce projet à M. Cardot qui en parlerait à Jean pour le décider à accepter.

L'usinier profita d'un moment où sa santé était meilleure

pour aller jusqu'à l'hôpital. Jean, loin de sa femme, loin des mauvaises fréquentations, avait repris un peu de raison et la visite de M. Cardot le toucha profondément.

L'usinier lui parla sérieusement, lui fit comprendre que, sa femme ne pouvant plus travailler de son métier, ils avaient tout intérêt à aller à la campagne, et Jean, qui adorait son pays, donna facilement son adhésion au projet de Marie-Louise.

Sur le conseil de M. Cardot, on avait chargé M. Lantier de l'achat de la terre, il s'était mis en relations avec un notaire de Coutances qui avait acquis, au nom de Carrier, la terre de la Saulaie pour le prix de neuf mille cinq cents francs ; avec les frais, il y en eut pour dix mille francs.

Le mobilier et les instruments de culture du défunt étaient compris dans cette somme, en sorte que les Carrier n'avaient qu'à vendre leurs meubles et à partir pour s'installer.

Mme Carrier étant encore très faible, il fut convenu que Marie-Louise partirait la première et, conseillée par ses cousins Fautras, organiserait la maison.

Carrier, ayant quitté l'hôpital, était entré dans une maison de convalescence ; Marie-Louise de ce côté était tranquille, car il n'en devait sortir que pour partir, en novembre. La pauvre petite avait un gros chagrin, c'était de quitter sa gentille amie, Annette Bontoux, dont elle avait reçu tant de preuves d'affection.

Toute la famille Cardot vint à Ménilmontant dire adieu à Marie-Louise. Mme Cardot lui donna un grand châle qu'elle avait tricoté à son intention ; Henriette lui apporta une petite bague qu'elle avait reçue au moment de sa première communion.

« Elle vous rappellera, lui dit-elle, le bien que vous nous avez fait par vos conseils et surtout en nous faisant connaître votre excellente amie Annette.

Le fait est qu'Annette et sa mère avaient rendu de réels services aux dames Cardot en leur procurant de l'ouvrage.

Elles leur donnaient aussi d'excellents conseils pour leur nouveau genre de vie et elles étaient appelées à les aider encore, M. Cardot ayant loué le petit pavillon qu'occupait la la famille Carrier.

Marie-Louise fut accompagnée jusqu'à la gare par Annette et sa mère : les deux fillettes avaient bien de la peine à retenir leurs larmes, mais chacune voulait donner du courage à l'autre et parvenait à vaincre son émotion. A la gare de Coutances, Marie-Louise trouva Toussaint avec sa maringote; après avoir chargé les bagages de sa cousine, il s'installa à côté d'elle et ils partirent pour Bréquigny.

Toussaint, qui marchait vers ses dix-huit ans, était un beau et grand garçon; son air ouvert et gai contrastait avec l'expression mélancolique et réfléchie de Marie-Louise. Il était enchanté de revoir sa cousine et lui parla de la Saulaie avec un enthousiasme communicatif.

« C'est une terre charmante, ma cousine, et qui a été si bien entretenue! Malheureusement, vous n'aimez pas la campagne.

— Au contraire, je l'aime beaucoup.

— Vraiment! Eh bien! cela prouve votre intelligence. »

Marie-Louise sourit.

« Seulement, poursuivit Toussaint, vous avez beau aimer la campagne, cela ne fera pas que vous connaissiez la culture et, comme le dit ma mère, vous allez faire là, votre mère et vous, un rude apprentissage. Enfin, nous avons arrêté pour vous une forte servante qui connaît bien les animaux, vous n'aurez qu'à l'écouter, vous ne courrez pas le risque de vous tromper.

— Allons-nous passer par la Saulaie? demanda Marie-Louise.

— Non, ce n'est pas notre chemin, mais demain matin,

nous irons de bonne heure avec mon père et votre servante
Périne; vous installerez la maison à vous deux; dans l'après-
midi, on vous amènera les trois vaches et le cheval que mon
père a achetés pour vous. Alors, ça commencera. Vous serez
fermière. Il faudra apprendre à traire, à tenir votre laiterie, à
soigner les cochons, la volaille, à engraisser les veaux; savoir
à quelle époque on laboure, puis quand on sème le blé, le
sarrasin, l'orge, la luzerne, le trèfle, la trémaine, l'avoine,
la betterave, comment on nourrit les bestiaux, comment on
engraisse la terre. J'ai un livre que je vous prêterai où tout
est assez bien expliqué, mais, vous savez, les livres sont
toujours des livres, ça ne vaut pas l'habitude et l'expérience des gens qui ont toujours fait de la culture; mais
soyez tranquille, ma cousine, ça viendra peu à peu. »

Pendant que Toussaint bavardait, sa jument, Coquette, avait
marché, et on arriva à Bréquigny, où Marie-Louise reçut du
père Fautras un accueil très cordial.

Quant à Mme Fautras, elle fut beaucoup moins expansive
que son mari et que son fils, et fit plusieurs réflexions avec
une imperceptible nuance de malveillance qui causa à Marie-
Louise une impression pénible.

On se rendit dans la cuisine, où Mme Fautras distribua à
chacun un dichon de soupe à la graisse.

« Toussaint vous conduira demain matin à la Saulaie, dit-
elle à Marie-Louise, vous y trouverez une forte fille que j'ai
louée pour vous; dans la journée, on amènera vos animaux,
trois vaches, dont deux sont pleines, et un cheval, des belles
bêtes! De plus, Fautras a acheté un coq et six poules, un
couple de canards, un pot de lard, un tonneau de cidre et
trente livres de graisse de bœuf pour la soupe; un sac de
farine, de l'orge et de l'avoine pour les animaux.

« Le tout a coûté cent quatre-vingt-dix pistoles que l'homme

Toussaint bavardait.

d'affaires a payées sur l'argent envoyé par vos parents. Cela fait avec la terre et les frais, onze mille neuf cents francs, qu'ils ont déboursés. Il ne doit pas leur rester grand'chose à vos parents, surtout si vous avez tous été malades depuis deux ans? »

En regardant sa cousine, Marie-Louise lut dans ses yeux une telle expression de curiosité qu'elle se mit immédiatement sur ses gardes.

« Je ne connais pas les affaires de mes parents, » dit-elle.

Ceci ferma la bouche à Mme Fautras, qui acheva son dichon en silence.

XV

L E lendemain, de très bonne heure, Marie-Louise et Toussaint partirent pour la Saulaie, située à trois kilomètres de Bréquigny. Marie-Louise apprit avec plaisir qu'autour de la Saulaie, il n'y avait que cinq maisons, et que le village était à un kilomètre de distance au moins; son père ne pourrait donc pas aller à pied jusqu'aux auberges, ce que le jeune fille considérait comme fort heureux.

Quand Marie-Louise eut visité la ferme et la terre, Toussaint la quitta; il fut convenu que le jour où la famille Carrier arriverait, Marie-Louise préviendrait les Fautras qui enverraient leur voiture à la gare pour ramener les voyageurs, pendant que la voiture de la Saulaie serait chargée de bagages.

Toussaint parti, Marie-Louise se dit que jamais elle n'arriverait avec la servante seule à nettoyer tout avant l'arrivée des animaux : elle demanda à Périne de lui chercher un journalier qui se chargeât de nettoyer les étables, les écuries, la porcherie.

Pendant que Périne préparait le repas et installait la laiterie, Marie-Louise écrivit à Mme Carrier et à Annette en leur faisant une description de la terre avec ses quatorze pièces en herbe, trois autres en labour, un grand potager, le verger contenant douze quenouilles donnant une très bonne espèce de poires et dans une des pièces un plant de pommiers en plein rapport.

Marie-Louise avait à peine fini ses lettres que Périne l'appela : on amenait les trois vaches et le cheval.

La servante conduisit les vaches dans un champ et elle leur donna du foin; quant au cheval elle le bouchonna, lui lava les naseaux et les lèvres, et l'installa dans l'écurie.

La servante n'avait pas oublié le repas de midi; elle avait fait une bonne soupe avec un chou donné par une voisine, et un morceau de lard.

Le repas terminé, Marie-Louise se mit en quête des balais et des plumeaux et, avec l'aide de Périne, elle entreprit de nettoyer la maison qui, n'étant pas habitée depuis près de six mois, était fort sale.

Après avoir mis la cuisine en état, Marie-Louise se rendit au cellier; à part le tonneau de cidre, il renfermait une foule de choses inutiles : vieilles tiges de bottes, ustensiles cassés, un vieux fourneau mangé de rouille, une incroyable quantité de vieilles paires de chaussures et de sabots cassés. Marie-Louise fit enlever le tout par Périne, et le fit porter sur la malière. Il passa un marchand de chiffons qui acheta le vieux fourneau et le chargea sur sa voiture.

Bientôt, il ne resta plus dans le cellier que le tonneau de cidre, des barriques vides, du bois et des lattes.

Marie-Louise avait trouvé une meule à couteaux dont le pied était cassé et différents instruments de culture abîmés par manque d'entretien; il y avait des échelles, des arrosoirs, des cruches, une bascule; elle jeta ceux qui ne valaient rien, et donna les autres à réparer.

Le nettoyage ne devait pas faire oublier les animaux, et

8

Marie-Louise n'avait pas quitté la servante chaque fois qu'elle
allait donner aux vaches une nouvelle ration.

Quand elle se coucha, quoique bien fatiguée, Marie-Louise
éprouva un profond sentiment de bien-être : ses parents, son
frère, sa sœur, ne pouvaient manquer d'être heureux dans cette
gentille maison, dans ce pays si joli, si plantureux, avec un
air si pur, une nourriture si saine.

A la campagne, son père pourrait toujours s'occuper des
volailles, tourner la baratte, se rendre utile de mille manières,
et il ne penserait plus à boire.

Quant à Pauline, il n'y avait pas à s'en préoccuper : elle
serait bien vite au courant de la culture et travaillerait comme
dix servantes.

Marie-Louise n'aurait rien regretté de Paris, si elle avait eu
auprès d'elle la gentille Annette, cette amie si dévouée qu'elle
aimait comme une sœur de son choix.

Les deux fillettes avaient résolu de s'écrire et ce sont les
extraits de cette correspondance qui vont mettre les lecteurs
au courant de leur vie après leur séparation.

XVI

CORRESPONDANCE

Marie-Louise à Annette.

« Ma chère amie,

MES parents sont arrivés à bon port et sont installés à la Saulaie ; ce n'est pas sans peine que nous avons pu hisser mon père sur la voiture, et, en arrivant, il était bien fatigué ; il a dû rester couché deux jours et, ce matin, il est assis, la jambe étendue, au soleil, dans notre cour, où la vue des poules et des canards le distrait ; son appétit est bon.

« Nathalie et Joseph iront demain à l'école ; Joseph est ravi, transporté d'être à la campagne ; tout ce qu'il voit le charme et il le dit sur tous les tons.

« Quant à Nathalie, elle est toujours la même, et il est impossible de savoir ce qu'elle pense.

« Ma mère a paru très satisfaite de la terre, de la maison, elle est allée hier matin à Coutances, s'est fait rendre un compte très exact des dépenses, et a tout inscrit sur un livre, puis elle a placé ce qui reste des valeurs dans une banque.

« Je vois que la servante lui déplaît. Elle trouve qu'elle reste trop longtemps à table, qu'elle mange et boit trop, et qu'elle n'abat pas assez d'ouvrage.

« C'est pourtant une des bonnes travailleuses du pays, mais tu comprends qu'elle n'approche pas de maman.

« Enfin, maman sent bien qu'elle a besoin d'une servante, tant que nous ne serons pas au courant, et j'espère qu'elle aura de la patience avec elle, jusqu'à ce qu'on puisse s'en passer.

« Quoique maman n'ait rien perdu de son économie, nous avons une nourriture très abondante; n'ayant rien à acheter, on n'y regarde pas comme à Paris.

« Dans le potager, nous avons des choux tardifs, des choux de Bruxelles, des choux-fleurs et des salsifis, puis nous avons trouvé, pendus aux poutres, des haricots secs et des oignons.

« La soupe ne coûte que la graisse dont nous avons une bonne provision; nous possédons un grand pot de lard. La servante nous fabrique d'excellent pain, et je compte bientôt savoir le faire aussi bien qu'elle.

« Notre but est de nous passer de servante dès que nous saurons bien faire le beurre et surtout soigner les animaux. »

Annette à Marie-Louise.

« Ma chère amie,

« Tous les détails que tu me donnes sur tes travaux champêtres m'intéressent beaucoup; je les ai lus à M. Cardot qui en a été enchanté. Il ne s'explique pas pourquoi tant de gens quittent la faisance-valoir pour venir végéter misérablement dans les villes.

« Toute la famille Cardot est installée dans votre pavillon, et je t'assure que vous n'êtes pas remplacés par des paresseux.

A huit heures du matin, tout le ménage est fait et ces dames sont au travail.

« Henriette (elle a exigé que je l'appelle Henriette) ne se contente pas des costumes de poupées ; elle a ajouté une autre corde à son arc, et fait des nœuds de cravates pour les magasins ; elle a un goût parfait pour chiffonner ces petits objets,

Il est assis, la jambe étendue, au soleil.

et quand la besogne ne donne pas d'un côté, elle se rattrape sur l'autre.

« Mme Cardot n'a pas pu se décider à mettre la petite Charlotte à l'école communale ; elle l'a placée chez une demoiselle qui a un cours avec des élèves surveillées.

« Cette demoiselle n'a que des enfants de bonnes familles ; elle a un jardin où les petites filles peuvent jouer pendant les récréations.

« Je crois que ce cours coûte dix francs par mois ; mes parents trouvent cette dépense bien inutile, mais moi, je l'avoue, entre nous, que je donne tout à fait raison à Mme

Cardot. Cette petite Charlotte dans ce milieu d'ouvriers, aurait pris des habitudes vulgaires qui détonneraient chez ses parents.

« C'est que, vois-tu, ma chère Marie-Louise, il n'y a pas à dire, il y a une grande différence entre les manières de la famille Cardot et les nôtres; ils ont beau faire les mêmes choses que nous, vouloir vivre de la même vie, ils sont diffé- rents et tout le monde le sent.

« Quand Mlle Cardot, Henriette, veux-je dire, va rendre de l'ouvrage avec moi, les employés ne lui parlent pas de la même manière qu'à moi; quand sa mère va faire des com- missions dans le quartier, les fournisseurs ont avec elle une façon d'être qu'ils n'ont pas avec ma mère.

« Quant à M. Pierre, il est toujours chez son Américain, M. Daquilar qui, paraît-il, n'est pas un patron commode.

« Travaillant beaucoup, et étant d'une exactitude de chro- nomètre, il exige les mêmes qualités chez ses employés, et quand on a manqué trois fois aux règles qu'il a établies, on est impitoyablement renvoyé.

« Par contre, il sait apprécier les employés ponctuels et travailleurs et les récompense par des gratifications qui arrivent au moment où on s'y attend le moins. M. Pierre en a déjà eu deux, une de ciquante francs et une de trente francs; je n'ai jamais vu de garçon plus heureux que lorsqu'il a apporté cet argent à sa mère.

« Tu te demandes peut-être, ma chère amie, comment je sais tous ces détails; c'est que je suis presque tous les après- midi avec les dames Cardot. Nous travaillons ensemble.

« C'est Mme Cardot qui l'a demandé à maman, afin de distraire un peu sa fille; cela a été un grand bonheur pour moi : sans cette diversion, je ne sais ce que je serais devenue après ton départ.

Nous travaillons ensemble.

« Je ne peux pas dire qu'Henriette t'ait remplacée auprès de moi, ce ne serait pas exact, mais j'ai en elle une grande confiance, et pour toute la famille Cardot une sorte d'admiration; à toi, je peux bien tout dire; ma grande ambition serait de leur ressembler un peu; je voudrais avoir les manières, la réserve, la distinction d'Henriette, mais j'aurai bien à faire, car les mauvaises habitudes s'enracinent plus vite que les bonnes, et souvent j'emploie des expressions vulgaires.

« Quand cela m'arrive devant ces dames, je me sens rougir jusqu'à la racine des cheveux, et pourtant, comme elles sont très bonnes, très indulgentes, elles se gardent bien de manifester aucune surprise, mais moi, je suis furieuse contre moi-même.

« Ce que je tiens à faire, par exemple, c'est à continuer mon instruction : Henriette me prête des livres, je lis une heure tous les soirs, et le dimanche quand il pleut.

« Lorsqu'il fait beau, le dimanche, je sors avec mes parents comme nous le faisions autrefois.

« Mme Cardot, ne pouvant se promener avec ses filles à cause de son mari qui marche bien difficilement, aurait voulu qu'elles puissent nous accompagner; M. Pierre serait venu aussi, mais forcément les manières et les habitudes de mon père, qu'il ne peut pas changer à son âge, les auraient offusqués; ils ne l'auraient pas laissé voir, mais moi, j'en aurais éprouvé une grande contrariété.

« Ne va pas croire, Marie-Louise, que je rougisse de mes parents et que je ne les aime pas; au contraire, c'est parce que je les aime beaucoup, que ce serait un très gros ennui pour moi de les voir dans une sorte d'infériorité; alors, sans dire tout cela à Mme Cardot, je me suis arrangée pour que ses enfants ne viennent pas, en lui laissant entendre que cela gênerait peut-être mon père. »

Marie-Louise à Annette.

« Ah ! ma chère Annette, comme tu me manques ! Comme
cette belle Normandie me semblerait plus belle encore si je
t'avais auprès de moi !

« Ici, je n'ai plus que Joseph et mon pauvre papa, et tu sais
que je ne peux pas tout leur dire.

« Mon père est bien plus heureux ici qu'à Paris. Nous
avons installé sa chambre au rez-de-chaussée dans une pièce
qui est à côté de la cuisine ; nous couchons, Joseph et moi,
dans la chambre au-dessus ; maman et Nathalie occupent
l'autre pièce.

« De son lit, mon père voit dans la cour de la ferme et, s'il
est trop fatigué pour se lever, il a de la distraction tout de
même en regardant nos allées et venues, mais le plus
souvent, il se lève, et il a ses occupations. Il prend soin des
volailles dont maman compte augmenter le nombre ; cela
viendra par les couvées de printemps.

« Mais je m'aperçois, ma chère Annette, que je te parle de
choses qui vont bien t'ennuyer, et que tu trouveras bien vulgaires, toi qui veux devenir une vraie demoiselle.

« Je t'avoue que ce projet-là m'inquiète un peu : la distance,
ce n'est que demi-mal ; quand on se revoit, on s'embrasse et
l'amitié recommence comme avant ; mais si, au lieu de
l'Annette que j'ai laissée à Paris, je trouve une demoiselle
ayant des idées qu'une pauvre fille comme moi ne com-
prendra pas, ce sera bien gai !

« C'est égal ; je t'aimerais, quand même tu serais sur les
marches d'un trône, avec une couronne de pierreries sur la
tête, seulement je n'oserais peut-être pas te le dire.

« Tu as bien de la chance d'avoir des amies comme les

dames Cardot, qui ont du tact et savent comprendre les choses; ce n'est pas comme ma cousine Fautras.

« Imagine-toi que, mardi dernier, elle est venue nous voir.

« Comme elle a énormément à faire chez elle et qu'elle ne perd pas une minute, il fallait une raison bien puissante pour lui faire quitter la Blancherie pendant plusieurs heures au beau milieu du jour; cette raison, c'était tout simplement la curiosité : elle voudrait savoir si mes parents ont encore de l'argent de placé et quelle somme; or, comme elle s'est aperçue qu'elle ne saurait rien, ni par maman, ni par moi, elle est venue un mardi qui est jour de marché à Coutances, pensant que nous serions toutes deux à la ville pour vendre notre beurre, et qu'elle pourrait tout à son aise faire parler mon père, mais son calcul a été déçu, attendu que j'étais là, et que je n'ai pas quitté mon père d'un instant.

XVII

SILHOUETTES DE MADAME FAUTRAS
ET DE M. DAQUILAR.

Marie-Louise à Annette :

J'ÉTAIS trop pressée l'autre jour et je n'ai pu te raconter la suite de la visite de ma cousine, aussi je reprends les choses où je les ai laissées.

« Si ma cousine n'a pu satisfaire sa curiosité, elle a largement donné cours à la malveillance dont la nature l'a si généreusement douée.

« Elle a visité en détail notre petite exploitation et rien n'a obtenu grâce devant elle ; pour tous nos arrangements, elle a trouvé une critique acerbe, et comme je lui faisais remarquer que pour tout ce que nous avions établi, nous avions pris conseil de mon cousin Fautras :

« Jolis conseils, s'est-elle écriée, il n'y entend rien ! »

« Je ne pouvais répondre à cette mauvaise foi voulue. Elle sait mieux que personne que son mari est un excellent cultivateur, reconnu pour tel dans tout le pays ; mais quand on ne peut écraser les gens avec de bonnes raisons, on en cherche de mauvaises.

« J'étais bien heureuse que ma mère fût absente, parce qu'elle n'aurait pas accepté toutes ces réflexions patiemment.

« Quant à mon père, comme il n'a pu accompagner ma cousine partout, à cause de sa jambe, il a perdu une grande partie de ses aménités ; seulement quand ils se sont trouvés ensemble, elle n'a pas manqué de lui rappeler au moins trois fois

Elle a visité en détail notre petite exploitation.

que son mari s'était beaucoup dérangé pour choisir et acheter nos animaux, pour aller nous chercher à la gare ; que, dans la culture, la moindre absence cause un préjudice, etc.

« Mon père a raconté cela à ma mère qui, comme tu le sais, est très fière. Mon père voudrait reconnaître leur obligeance en les invitant à dîner, mais maman redoute beaucoup de donner un repas : il faudrait servir du cidre pur, du vin, et cela ne vaudrait rien pour mon père ; moi, outre cette raison, je voudrais éviter autant que possible les rapprochements entre ma cousine et maman.

« J'ai eu une idée que j'ai soumise à maman ; il n'y a qu'une chose que ma cousine ait admiré dans notre installation, probablement parce qu'elle vient de notre prédécesseur. C'est une écrémeuse dont le système est très simple et très pratique ; il y en a une pareille à vendre, d'occasion, dans notre voisinage, elle est en parfait état et on la laisserait pour vingt francs ; maman va l'acheter et la donner aux Fautras ; cela fera beaucoup plus d'effet qu'un dîner qu'ils voudraient rendre.

« Maman lui dira qu'elle ne veut ni recevoir chez elle, ni accepter chez personne, parce que les médecins ont bien recommandé que mon père ne s'écarte pas de son régime.

« Tu te demandes peut-être, ma chère amie, pourquoi nous prenons tant de précautions pour une personne désagréable comme Mme Fautras : c'est d'abord parce que, en effet, son mari nous a rendu service, que son fils et lui se montrent très bons parents pour nous et enfin que nous avons le plus grand intérêt à être bien avec eux, parce qu'ils sont très considérés dans un pays où nous ne sommes pas encore connus.

« A la campagne, il est très important d'avoir une bonne réputation, une bonne renommée ; on se méfie beaucoup des nouveaux venus, surtout des gens de Paris, et il faut faire ses preuves pour obtenir l'estime publique.

« La protection des Fautras nous est très nécessaire, comme tu vois, et c'est pour cela que j'ai écouté avec la plus parfaite patience apparente les réflexions aigres-douces de Mme Fautras.

« C'est d'ailleurs une maîtresse femme que ma cousine, et son mari et son fils s'empressent toujours d'être de son avis. L'autorité considérable qu'elle a prise dans la maison tient à la grande quantité de terres que les héritages successifs qu'elle a faits ont amenées dans la maison.

« Les paysans considèrent les gens à proportion de leur fortune, et quand ils ont dit : « C'est quelqu'un qu'a *d'quoué* », cela signifie que ce quelqu'un a droit à l'admiration universelle. Par contre, quand on a mangé tout ou partie de ce qu'on possédait, on perd énormément dans l'estime publique.

« Mon cousin Fautras est comme tous les paysans, et depuis que sa femme a fait de lui un des cultivateurs les plus aisés du pays, elle a grandi à ses yeux de cent coudées.

« Elle a d'ailleurs des qualités sérieuses, c'est une travailleuse infatigable et elle est très ordonnée ; mais, plus je la vois, plus son caractère me déplaît.

« Je crois que son fils la connaît bien ; il a passé hier par la Saulaie en allant à la tangue et, comme il me faisait compliment de la laiterie et de divers arrangements, je lui ai dit :

« Vous êtes moins difficile que votre mère, qui a trouvé tout mal ici. »

« Il est devenu très rouge, puis il a répondu :

« Maman n'est pas très forte pour faire des compliments, mais je crois qu'au fond elle est bien étonnée de vous voir si vite au courant. »

« Ainsi, ses fameuses prédictions sur notre incapacité ne se réalisant pas, elle n'est pas satisfaite. J'espère que nous réussirons de mieux en mieux et que sa contrariété augmentera de jour en jour.

« Tu vas dire que je deviens méchante, ma chère Annette, mais nous nous sommes donné tant de mal depuis que nous sommes ici qu'un petit encouragement, de la part d'une personne aussi entendue en culture que ma cousine Fautras, m'aurait fait beaucoup de plaisir.

« Enfin, qu'importent ces détails, puisque tout semble bien marcher, que mon père est plus heureux et que notre situation paraît devoir se relever! Quand je pense au gouffre vers lequel nous courions à Paris, je dois m'estimer bien heureuse. »

Annette à Marie-Louise.

« Quelle singulière femme que ta cousine Fautras!

« Quelle différence avec nos amis Cardot! Je dis nos amis, car ils sont si bons, si affecteux, si prévenants, si reconnaissants des moindres choses que je les aime vraiment de tout mon cœur.

« Le malheur ne les a pas aigris : l'affection qu'ils ont les uns pour les autres leur fait supporter vaillamment toutes les épreuves.

« Tu me dis que l'on perd beaucoup dans l'estime des paysans quand on a dissipé son bien, n'importe pour quelle raison; c'est exactement la même chose dans les autres classes de la société.

« Figure-toi que la famille Cardot, à partir du jour de la déconfiture, a été abandonnée par la plupart des gens qui fréquentaient la maison autrefois; quant à ceux qui ont continué à les voir, ils espacent tout doucement les visites, en attendant qu'ils n'en fassent plus du tout; il faut excepter deux amis de M. Cardot et une amie de Mme Cardot, qui les entourent de marques d'affection dont ils sont naturellement fort touchés, mais trois personnes sur cent environ, tu avoueras que c'est peu.

« Le fils Daquilar vient quelquefois le dimanche voir son ami, M. Pierre Cardot; il a passé son baccalauréat et, malgré le désir de son père qui voudrait lui voir prendre la suite de ses affaires, il va travailler pour être médecin. C'est chez lui une véritable vocation.

« C'est un garçon d'un aspect très froid, s'il a des émotions, elles ne se reflètent pas sur sa figure, il tient de sa mère qui était Anglaise; je dis qui était, car elle est morte en donnant le jour à une fille nommée Arabelle, qui a dix-huit mois de moins que M. Esteban, elle entre dans sa dix-septième année.

« Je vais te faire le portrait du jeune Daquilar : il a un mètre quatre-vingt-trois; il est large d'épaules et musclé à proportion, et il est de première force à tous les sports : bicyclette, foot-ball, aviron, boxe, savate, escrime, tir au pistolet, etc.

« Le père a tenu, avant toute chose, à développer chez son fils la force physique; lui-même est extraordinaire sous ce rapport.

« Un des employés de la maison Daquilar a raconté à M. Pierre, sur son patron, une anecdote dont il a été témoin et qui te dépeindra bien le personnage.

« M. Daquilar avait rapporté du Havre une caisse contenant des pièces en acier; elle était extrêmement lourde et d'un maniement difficile.

« En arrivant à la gare Saint-Lazare, M. Daquilar dit à un des employés de mettre la caisse sur un haquet et de la transporter à son domicile qui était très rapproché de la gare.

« L'homme de peine veut soulever la caisse et déclare qu'il faudrait plusieurs hommes pour transporter une caisse aussi lourde, que personne ne pourra la conduire avec un haquet et qu'il faut la mettre au camionnage.

« C'est impossible, dit M. Daquilar, j'en suis très pressé et ne puis attendre toutes les formalités du transport par camionnage.

— Pressé, ou pas pressé, dit l'employé, il faut en passer par là.

— C'est ce que nous allons voir, dit M. Daquilar. Avez-vous un haquet libre?

— En voici un.

— Voulez-vous m'accompagner jusque chez moi?

— Oui, monsieur. »

« M. Daquilar défit son veston qu'il donna, ainsi que son chapeau, au facteur, puis il saisit la caisse, la hissa sur son épaule, l'installa sur le haquet, remit son veston et son chapeau, prit les deux brancards du haquet, le souleva comme une plume et le conduisit jusqu'à son hôtel, suivi par le facteur, complètement ahuri de la force musculaire de cet étrange voyageur.

« Au moral, il paraît qu'il a une énergie, une décision comme on en rencontre peu.

« Son fils le craint beaucoup et il a fallu qu'il se sentît une bien grande vocation pour la médecine pour lutter contre la volonté de son père.

« Une seule personne fait de M. Daquilar tout ce qu'elle veut, c'est sa fille, Mlle Arabelle; il ne sait rien lui refuser; elle est en Angleterre en ce moment et reviendra cet hiver.

« Le pauvre M. Cardot ne sort plus. On roule son fauteuil dans le jardin et il reste là à nous regarder travailler. Les passages de tes lettres où tu parles de culture l'intéressent beaucoup. Tous les jours, il est question de toi ici; je ne devrais pas te répéter ce que nous disons, pour te punir de tes moqueries sur mes prétentions à devenir une demoiselle. Est-ce un crime d'essayer de s'améliorer en imitant les bons modèles? Voici ce que m'a dit de toi avant-hier Mme Cardot, à propos de la distinction :

« Il y a deux sortes de distinctions : la distinction naturelle et la distinction acquise; la première est très rare, mais elle existe; il y a des gens qui font toujours ce qu'il faut faire, qui

M. Daquillar saisit la caisse et la hissa sur son épaule.

disent exactement ce qu'il y a à dire, qui sont doués d'un tact
naturel qui leur fait éviter tout ce qui pourrait choquer ou
peiner les autres ; pour les choses de moindre importance, ces
mêmes personnes, guidées par un instinct très sûr, ne se
trompent presque jamais ; votre jeune amie, Marie-Louise, est
du nombre de ces privilégiés, c'est une enfant née distinguée. »

« Ainsi, ma chère amie, si je deviens distinguée, je ne ferai
qu'acquérir, au prix de grands efforts, ce que tu possèdes
naturellement; au lieu de m'éloigner de toi, je m'en rappro-
cherai au contraire.

« Nous sommes dans la morte-saison, mais dans deux mois,
vers le quinze août, nous aurons les modèles de fantaisie
d'hiver.

« En attendant, nous faisons des cahiers de papiers à cigarettes avec une petite machine; c'est à qui en fera le plus
entre Henriette et moi; cette émulation nous amuse et remplit
notre bourse.

« Une dame, amie des Cardot, qui a une très jolie maison
de campagne aux environs de Paris, leur avait proposé
d'emmener les deux jeunes filles pour un mois dans sa propriété, mais ils ont refusé. Henriette voit bien la faiblesse
croissante de son père et ne veut pas le quitter; elle trouve
aussi qu'il ne faut pas accepter ce qu'on ne saurait rendre ; elle
a encore une autre raison.

« Henriette trouverait dans cette maison d'anciennes con-
naissances, des gens d'un monde qui ne peut plus être le sien ;
elle craint d'éprouver des froissements et elle préfère les
éviter.

« Tu vas peut-être trouver les Cardot trop fiers, mais ils
connaissent le monde et savent combien il est souvent dur et
cruel pour ceux que le sort a frappés. »

Marie-Louise à Annette.

« Il y a bien longtemps que je ne t'ai écrit, ma chère amie,
ta dernière lettre est du 18 juin et nous voici au 20 juillet,
mais si vous êtes dans la morte-saison, nous sommes au contraire très occupés.

« Il faut que je te raconte ce qui est arrivé il y a environ
un mois : nous avions envoyé Périne porter l'écrémeuse à la
Blancherie avec la voiture. Les trois Fautras étaient là et ont
paru enchantés; puis, tout en faisant rafraîchir la servante,
Mme Fautras l'a interrogée; elle lui a demandé combien notre
beurre s'était vendu au dernier marché.

« Un franc vingt-cinq, lui répondit la servante.

— Tiens, nous n'avons vendu le nôtre à Périers qu'un franc
dix, répondit Toussaint.

— Les cours sont souvent plus élevés à Coutances, dit
Mme Fautras.

— Mais c'est à Périers que nous l'avons vendu, observa
Périne, il a été pris tout de suite, en arrivant. »

« Tu peux juger de la contrariété de Mme Fautras : le
beurre de la Saulaie, le beurre de ces Parisiennes incapables,
coté plus haut que le sien! Voilà ce qui s'appelle une victoire!
Qu'en dis-tu?

« Cette aventure nous a beaucoup relevés dans l'esprit de la
chère cousine; quand elle est venue remercier mes parents de
l'écrémeuse, elle était tout miel et elle a même fait une fois
ou deux (oh! pas davantage) quelques petits hochements de
tête approbateurs.

« Toussaint, qui l'accompagnait, avait bien envie de rire et
moi aussi, je t'assure.

« Quant à maman, pour la première fois, depuis bien longtemps, je lui ai vu le sourire sur les lèvres.

« Toutes les semaines, en revenant du marché, maman fait
ses comptes; comme nous sommes dans la période des bénéfices, elle est heureuse.

« Te le dirai-je, ma chère Annette, moi aussi, je suis
enchantée chaque fois que nous rapportons une bonne somme
de la ville, et ce n'est pas l'amour du gain seul qui cause ma
satisfaction, c'est l'amour-propre. Cette terre où nous ne
sommes établis que depuis quelques mois, mais que nous soi-
gnons avec tant de sollicitude, je sens que je m'y attache un
peu comme à un enfant qu'on élève et qu'on voudrait voir
parfait.

« T'ai-je dit que Nathalie avait obtenu son certificat d'études
au mois de juin? Elle ne retournera pas à l'école l'année prochaine. Maman aurait voulu qu'elle nous aidât, mais elle a
désiré entrer en apprentissage. Elle ira à Coutances chez un
tailleur et apprendra mon métier.

« J'ai deviné pourquoi elle ne veut pas rester avec nous; elle
travaillerait sans rien toucher, tandis que, étant ouvrière,
quand elle aura un salaire, elle le gardera.

« Joseph continuera à aller à l'école jusqu'à son certificat;
après, il s'occupera sérieusement de la culture; il l'aime
beaucoup. »

XVIII

MORT DE M. CARDOT. — HENRIETTE
CHEF DE FAMILLE

Annette à Marie-Louise.

Tu as su par mon télégramme que le pauvre M. Cardot est mort il y a huit jours, et, bien que nous sentions tous que la fin prochaine était inévitable, nous sommes bien malheureux.

« Sa femme et ses enfants font pitié.

« Je suis restée bien longtemps sans t'écrire, ma chère Marie-Louise, mais nous avons veillé le malade à tour de rôle, et dans la journée nous étions bien occupés. Je n'avais pas une minute.

« C'est que nous avons maintenant des travaux très importants. Nous sommes entrepreneuses pour la cravate d'hommes, les plastrons, blouses et nœuds de fantaisie pour dames; or, quand un magasin nous fait une commande nous prenons l'engagement de la livrer à jour fixe et, il n'y a pas à dire, à la date convenue il faut porter l'ouvrage, ou bien, nous perdons notre bénéfice.

« Nous avons des ouvrières et beaucoup de commandes.

Nous sommes bien plus tenues qu'auparavant, mais aussi les bénéfices s'en ressentent. Pour t'en donner une idée, la famille Cardot vit du gain d'Henriette sur lequel je touche cent cinquante francs par mois; ils mettent de côté les appointements de M. Pierre qui sont de dix-huit cents francs maintenant, plus deux cents francs de gratification environ.

« M. Cardot, avant de mourir, a eu la satisfaction de voir que ses enfants sauraient se tirer d'affaire et c'était une grande consolation pour lui.

« M. Daquilar n'a pas assisté au service; c'est une règle chez lui de n'assister à aucun enterrement, soit de ses employés, soit des membres de leur famille, mais il est venu hier avec sa fille faire une visite à Mme Cardot. Comme la porte de l'atelier était ouverte, il nous a vues avec nos ouvrières et a demandé à Mme Cardot ce que nous faisions.

« Il a voulu parler à Henriette, a posé de nouvelles questions, s'est fait montrer les livres et a constaté les bénéfices.

« C'est très bien, cela, mademoiselle, a-t-il dit, vous savez vous débrouiller, seulement sans capitaux on ne peut aller que bien doucement; aussi, je vous offre, à titre de prêt, dix mille francs et vous m'intéresserez dans votre affaire. Cela vous va-t-il?

— Monsieur, a dit Henriette, je vous suis bien reconnaissante....

— Il n'y a pas de reconnaissance à avoir; c'est une affaire que je fais, et une bonne. Je m'y connais : vous avez ce qu'il faut pour réussir et mon argent sera bien placé!

— Ma foi, monsieur, je ne sais comment vous dire que....

— Dites, dites vite.

— Que j'aime mieux aller petit à petit et ne pas avoir de dettes; je n'aurais qu'à tomber malade et....

— Mais, mademoiselle, vous êtes libre et ces scrupules vous font honneur. »

« Là-dessus il est parti avec sa fille qui est bien la plus jolie personne que j'aie jamais vue, mais qui ne me plaît pas, je ne saurais te dire pourquoi.

« Le lendemain arriva un inspecteur de la compagnie des téléphones qui remit à Mme Cardot une enveloppe renfermant la carte de M. Daquilar avec ces mots :

« M. Daquilar présente ses compliments aux dames Cardot et les prie de bien vouloir accepter l'abonnement au téléphone qui leur évitera une grande perte de temps ; il désire ainsi leur témoigner l'estime qu'il a pour son employé, M. Pierre Cardot. »

« Tu vois que cet Américain ne manque pas de délicatesse à l'occasion.

« Le fils Daquilar est aussi venu voir ces dames ; il était en voyage le jour de l'enterrement. Je l'avais mal jugé en l'accusant de froideur. Au moment d'exprimer à Mme Cardot ses sentiments de condoléances, il était si ému qu'il pouvait à peine parler.

« Je comprends très bien ton désir de voir la terre de tes parents produire le plus possible.

« Henriette et moi sommes de même, et c'est un bonheur pour nous de voir notre entreprise prospérer. C'est notre œuvre, et si nous réussissons, nous aurons le droit d'être un peu fières.

« Quand je touche mes cent cinquante francs chaque mois et que je les donne à ma mère, j'éprouve toujours un sentiment de joie sans mélange ; tout en concourant au bien-être de mes parents, au mien, j'ai produit quelque chose, je suis une personne utile.

« M. Cardot citait toujours les paroles d'un écrivain célèbre :

« Le travail nous préserve de trois maux : l'ennui, le vice et
« le besoin. » C'est bien vrai ! La satisfaction que nous éprouvons, toi et moi, à voir nos efforts couronnés de succès, succès

M. Daquilar s'est fait montrer les livres.

représenté par l'argent, n'a aucun rapport avec l'avarice qui
rend profondément égoïste.

    « Ainsi, ce que tu me dis de Nathalie me fait beaucoup de
peine. Elle n'éprouve donc aucune reconnaissance pour les
sacrifices que ses parents ont faits pour elle puisqu'elle ne
songe pas à leur apporter ses gains? sans compter qu'en agis-
sant ainsi, elle vous lésera, Joseph et toi : vous contribuerez
à augmenter le capital de vos parents; elle s'en dispensera,
mais quand elle perdra M. et Mme Carrier, elle sera la première à réclamer sa part d'héritage et la voudra sans doute
plus ample que celle des autres.

« Très amusante votre lutte de beurre avec Mme Fautrás, j'aurais voulu assister à votre triomphe.

« J'ai lu ce passage de ta lettre au bon M. Cardot, et, quoiqu'il fût très malade, il n'a pu s'empêcher de rire. »

Marie-Louise à Annette.

« Voilà bien longtemps que je ne t'ai écrit et d'ici, je t'entends dire : l'hiver à la campagne, c'est pourtant la morte-saison !

« C'est vrai que l'on a moins à faire pour la culture, mais moi, j'ai été bien occupée ; le patron de Nathalie m'a donné de l'ouvrage. J'ai commencé en octobre ; je me suis arrêtée à la fin de mars et j'ai gagné environ deux cents francs ; tu vois que cela en valait la peine.

« Je ne sais si je pourrai en faire autant l'année prochaine ; nous allons renvoyer la servante et maman, ayant loué un peu de terre, achètera encore une vache.

« J'ai eu bien de la peine à empêcher maman de prendre de l'ouvrage ; elle a essayé de travailler à la machine pour la la maison, mais elle a aussitôt éprouvé des troubles dans la tête qui lui ont démontré mieux que tous les conseils qu'elle devait y renoncer.

« La conduite de Nathalie lui fait bien de la peine, mais comme il y a un bon côté dans toute chose ; maman, depuis qu'elle souffre des mauvais procédés de sa seconde fille, a bien changé de manière d'être avec Joseph et avec moi ; elle nous parle moins sèchement, me témoigne plus de confiance.

« Ah ! ma chère amie, si elle pouvait aussi redevenir pour mon père comme elle était autrefois, quel bonheur pour nous tous !

« Joseph étudie très bien et la maîtresse d'école est très contente de lui. Bien qu'elle ait vingt-cinq ans et moi dix-sept, elle me témoigne beaucoup de sympathie et de confiance, et, cet hiver, elle est venue un peu à la maison.

« Toussaint a passé la révision en décembre : tu sais qu'il s'était cassé le bras il y a plusieurs années; bien qu'il ait été parfaitement bien soigné, il y a une articulation du troisième doigt qui est restée un peu ankylosée et ne lui permet pas le maniement du fusil ; il a été réformé.

« Toutes les fois qu'il peut s'échapper, il vient nous voir et nous donne d'excellents conseils pour la culture.

« Je vois que vous vous êtes lancées dans les grandes affaires, Mlle Henriette et toi. Vous réussirez, je n'en doute pas; vous avez de l'ordre, beaucoup de goût et vous êtes des bonnes travailleuses. »

XIX

LA FOIRE DE LESSAY

Nous avons laissé les deux amies s'écrire les menus inci-
dents de leur vie qui, pendant les deux années qui suivirent la mort de M. Cardot, s'écoula sans événements remar-
quables.

Nous retrouvons Marie-Louise âgée de dix-neuf ans : c'est
une grande jeune fille blonde ; l'expression du visage est restée
mélancolique, mais la vie en plein air lui a donné une appa-
rence robuste qu'elle n'avait pas en arrivant à la Saulaie.

Ce jour-là, elle est dans une maringote derrière le père
Fautras et Toussaint ; ils reviennent de la foire de Lessay, une
des plus importantes foires à chevaux de la Normandie où ils
ont vendu deux poulains : un de ces poulains appartenait aux
Carrier et c'est pour cela que Marie-Louise a accompagné ses
cousins.

Elle s'est beaucoup amusée, car, après la vente des animaux,
on est allé déjeuner sous la tente où on a retrouvé un gros cultivateur de Bréquigny, M. Blanchard, et sa fille, Mlle Rose, une
jeune personne de vingt ans qui passe pour être fort jolie parce

qu'elle est très grande, très rouge, et qu'elle a des membres dont serait fier un fort de la halle.

C'est, d'ailleurs, une force inutile : Mlle Rose a été élevée dans le couvent le plus réputé de la région : elle joue du piano, très mal d'ailleurs; elle a dessiné deux têtes d'après la bosse et ne s'occupe de la faisance-valoir que pour accompagner son père dans les foires; cela lui permet de porter un immense chapeau sur lequel il y a de tout : des fleurs, des plumes, des rubans, du velours; une modiste de Paris en aurait fait douze avec les seules garnitures de celui-ci. Aussi, Mlle Rose, fatiguée par ce poids insolite, est-elle encore dix fois plus rouge que d'habitude. Elle a raison d'ailleurs, car plus elle est rouge, plus les gens du pays l'admirent.

Ce qui augmente encore la beauté de Mlle Rose, c'est qu'elle aura en dot une terre de soixante-dix vergées en très bon fonds et qu'elle est fille unique.

Après le déjeuner, M. Blanchard avait payé à toute la société le cirque Balfour. Marie-Louise, qui n'avait jamais de sa vie été au spectacle, a été absolument ravie; d'ailleurs, même si les écuyères n'avaient pas été si adroites, si les clowns n'avaient pas été aussi drôles, Marie-Louise se serait amusée parce que Toussaint était là et que lorsque Toussaint est là Marie-Louise ne s'ennuie jamais.

Fautras déposa sa jeune cousine à un demi-kilomètre de la Saulaie et repartit suivi par la voiture des Blanchard. Mme Fautras les vit arriver et se fit rendre un compte exact de leur journée, elle parut enchantée.

Le lendemain soir, Toussaint fut appelé par sa mère qui le fit monter dans une chambre où se trouvait déjà son père.

« Mon enfant, lui dit-elle, parlons peu, mais parlons bien : voilà que tu vas sur tes vingt-trois ans.

« — C'est-à-dire, ma mère, que j'ai eu vingt-deux ans avant-hier.

— Parfaitement. Tu vas donc sur tes vingt-trois ans. Nous n'avons que toi d'enfant, et il est temps de songer à t'établir.

— Comment, à m'établir !

— Oui, à te marier. Ton père et moi, nous avons un parti à te proposer.

— Quel parti? demanda Toussaint.

— Oh!. ne fais donc pas l'innocent : il n'y en a un qu'un seul dans le pays qui te convienne, c'est Mlle Rose Blanchard, à qui son père donne soixante-dix vergées, sans compter que c'est une jolie fille, ce qui ne gâte rien. Eh bien! quand tu resteras là à tourmenter ta blouse! N'est-ce pas un bon parti?

— Oui, ma mère, mais peut-être bien que M. Blanchard a de plus hautes idées pour Mlle Rose.

— De plus hautes idées! s'écria Fautras qui n'avait encore rien dit. Et où donc trouvera-t-il un gendre tourné comme toi, travailleur comme toi, un bon sujet qui ne connaît pas le cabaret et qui apportera quasiment autant que sa fille, car tu comprends bien que nous n'avons pas fini de faire des économies?

— Mlle Rose a été élevée dans un couvent, reprit Toussaint, et la culture l'ennuiera.

— Alors, tu ne veux pas te marier?

— Je n'ai pas dit cela.

— Eh bien! qu'est-ce que tu vois à épouser pour toi en dehors de Rose?

— Je n'y avais pas pensé, ma mère.

— Il n'y avait pas à y penser, répliqua péremptoirement Mme Fautras, il n'y a que Rose de possible pour mon fils. D'ailleurs, ces choses-là ne doivent pas se décider à la légère : dans quinze jours, nous en reparlerons. »

Ton père et moi, avons un parti à te proposer.

A partir de cette conversation, Toussaint devint pensif. Le dimanche qui suivit, en allant à l'église, il examina les terres que Blanchard donnait en dot à sa fille; comme un fait exprès, elles faisaient suite à celles que les Fautras destinaient à leur fils, et Toussaint, qui s'y connaissait en terres, ne put s'empêcher de trouver qu'elles étaient de première qualité, rehaussées d'engrais et merveilleusement soignées.

Ce ne serait pas désagréable à vingt-deux ans de posséder en propre cent cinquante vergées d'un seul tenant.

A l'église, Toussaint, qui était en avance, vit arriver tous les gens de Bréquigny.

Mlle Rose fit son entrée avec les servantes de son père et s'installa avec un certain fracas dans son banc.

Elle avait mis son immense chapeau, une robe de soie bleue à bouquets roses, une grosse chaîne d'or, de grosses boucles d'oreilles, une grosse broche; elle ouvrit un gros et riche paroissien et s'absorba dans la lecture de la grand'messe.

Toussaint, très absorbé lui aussi, sortit de l'église de plus en plus pensif. Après dîner, il alla toucher le prix des bêtes livrées la veille et passa par la Saulaie pour donner à Mme Carrier l'argent de son poulain. L'aspect de la Saulaie était charmant ce jour-là; l'ordre et la propreté régnaient partout.

Quand Toussaint arriva, Marie-Louise était en train d'installer son père dans un fauteuil, au soleil.

Elle avait une petite robe grise d'une étoffe très simple, mais elle était bien coupée, et une jolie cravate, cadeau d'Annette, lui donnait un cachet inconnu à Bréquigny.

Toussaint avait vu cent fois Marie-Louise aider son père infirme, mais il n'avait jamais remarqué comme ce jour-là l'expression de tendresse et de dévouement qui animait son visage pendant qu'elle accomplissait ce devoir.

En retournant à Bréquigny, il rencontra Blanchard, qui le fit entrer chez lui et lui offrit un verre d'eau-de-vie.

Blanchard appela sa fille qui, croyant son père seul, répondit d'un ton rogue :

« Ah! bien, attends un peu ; je descendrai quand ça me plaira. »

Toussaint fut choqué du ton et de la réponse.

Mlle Rose fut cependant très aimable avec lui, mais l'effet était produit, et quand elle lui tendit au départ un des larges battoirs qui lui servaient de mains, Toussaint la serra mollement.

Il passa, pour retourner chez lui, par les terres de Mlle Rose et les regardant avec un soupir :

« Pour des bonnes terres, c'est des bonnes terres », dit-il.

Pourquoi Toussaint soupirait-il?

C'est que, si les terres de Rose lui plaisaient, la jeune fille lui agréait beaucoup moins et, quand sa mère lui avait parlé de mariage, c'est la douce figure de Marie-Louise qui s'était tout de suite présentée à son esprit.

XX

RELÈVEMENT DE LA FAMILLE CARDOT
GRANDE ESPÉRANCE

A Ménilmontant, tout marchait bien : l'entreprise des jeunes filles avait prospéré; Annette recevait maintenant le tiers des bénéfices; Pierre Cardot, au retour de son service militaire, avait vu ses appointements monter à trois mille francs.

Mme Cardot, malgré l'augmentation des revenus, continuait à vivre avec la même économie, afin de reconstituer un capital.

Dans la morte-saison, on passait les soirées au jardin. Pierre, d'un naturel très gai, amusait les jeunes filles par ses saillies; on lisait aussi chacun son tour et à onze heures on se séparait.

Un jeune ingénieur occupé dans l'usine où travaillait Bontoux avait loué un petit appartement dans la maison; il avait fait la connaissance de Pierre et se joignait souvent le soir à la famille; il s'appelait Lucien Prieur. Cinq ou six fois dans l'hiver, plus fréquemment dans la belle saison, Esteban Daquilar venait voir son ami Pierre.

Annette, alors âgée de dix-neuf ans, était devenue une ravissante jeune fille.

Sans parler de sa jolie taille, de ses épaules bien abattues, de sa petite tête fine comme un Tanagra et couverte de cheveux ondulés, sa vivacité naturelle, tempérée par l'exemple et les conseils des dames Cardot, lui donnait un charme et une originalité rares qui ne choquaient jamais parce qu'elle ne dépassait jamais la mesure.

Tous ces éléments rendaient très agréables les soirées de Ménilmontant et, dans la petite colonie composée de gens qui s'estimaient et qui se plaisaient ensemble, le bonheur paraissait vouloir élire domicile.

Une après-midi du mois d'octobre, Pierre fut mandé par M. Daquilar.

« Ma fille, lui dit son patron, envoie des secours dans les familles nécessiteuses et elle fait faire au préalable une petite enquête.

« Une femme ne peut guère remplir cet emploi et, jusqu'ici, c'était un ancien commis de la maison qui s'en chargeait; il se retire à la campagne et j'ai songé à vous pour le remplacer : ma fille donne huit cents francs pour ce travail : les visites à domicile se font le dimanche et je vous laisserai votre liberté de six à sept heures pour faire votre rapport à Arabelle. »

Pierre, enchanté de gagner huit cents francs de plus, accepta immédiatement.

« Vous vous présenterez demain à six heures chez Arabelle, qui sera prévenue », dit Daquilar.

Le soir, le grand hasard voulut qu'Esteban vint chez Mme Cardot et Pierre lui parla de la proposition de son père. Malgré le grand empire qu'Esteban avait sur lui-même, Henriette, qui le regardait, remarqua sur son visage l'expression d'une vive contrariété et elle en ressentit une certaine inquiétude.

Henriette, bien qu'elle n'eût que dix-neuf ans, avait la raison et la volonté d'une femme plus âgée; le malheur qui avait frappé sa famille avait mûri prématurément l'esprit de cette jeune fille.

Elle avait fait dans son cœur le sacrifice d'elle-même, de ses aspirations, de ses goûts, et elle avait résolu de se vouer entièrement à relever la situation de sa famille.

La mort de son père avait donné une sorte de consécration à son dessein.

Avant de mourir, il avait pris la main d'Henriette et, lui montrant sa femme et ses autres enfants :

« Je te les confie, ma fille, » avait-il dit.

Pourquoi M. Cardot s'était-il adressé à elle?

Parce qu'il sentait chez sa fille plus de volonté, plus d'énergie que chez les autres, un sentiment plus ferme et plus profond du devoir à accomplir.

Henriette n'était ni belle, ni même jolie comme Annette, mais elle avait une grande distinction naturelle et son visage exprimait la parfaite loyauté de son caractère.

Le lendemain, vers six heures, Pierre se présenta chez Mlle Daquilar.

La jeune fille, vêtue d'une robe d'intérieur vert Nil, œuvre d'un couturier en renom, était assise dans son petit salon, pièce en forme de dôme où chaque meuble était un véritable objet d'art.

Merveilleusement belle comme le sont quelquefois les Anglaises, Arabelle, élevée à Paris, avait la grâce et l'élégance des Parisiennes.

Quand Pierre entra, elle déposa son livre, s'avança vers le

jeune homme et lui tendit la main en lui demandant des nouvelles de sa mère et de sa sœur.

« Mon père, monsieur, ajouta-t-elle, m'a assuré que je trouverais en vous un précieux collaborateur pour le peu de bien
que j'essaie de faire; la tâche que je vous imposerai sera
quelquefois pénible, mais la pensée que vous soulagez des
misères vous soutiendra. »

Pierre répondit comme il convenait à cette allocution de
circonstance, mais l'admiration involontaire qu'il éprouvait à
la vue de la jeune fille se lisait dans ses regards.

Malheureusement pour lui, Arabelle était de ces femmes
qui ne se contentent pas d'inspirer l'admiration; quand elles
voient l'impression qu'elles produisent, elles se plaisent à
l'augmenter par une série de petites manœuvres. Enfin, elles
collectionnent les admirateurs à peu près comme les natura-
listes collectionnent les papillons.

Le jeune homme devait en faire la cruelle expérience.

Arabelle lui expliqua en détail ce qu'elle attendait de lui et
lui exposa son système de bienfaisance.

Ici, Pierre reconnut chez la fille l'esprit pratique du père.
Arabelle, avec ce que lui donnait M. Daquilar et ce qu'elle
prélevait sur sa fortune personnelle, disposait de quarante
mille francs par an pour les pauvres, mais elle employait cette
somme avec une intelligence qui en doublait la valeur; elle
savait discerner les vrais nécessiteux et personne ne s'entendait comme elle à remettre à flot une famille tombée dans la
misère.

Quand Pierre quitta la jeune fille, il emporta la vision d'un
être supérieur à tout ce qu'il avait connu jusqu'alors. Beauté,
bonté, intelligence, tout lui semblait réuni chez cette admi-
rable femme et il lui voua une sorte de culte.

Un mois s'était écoulé depuis que Pierre était l'employé de

Arabelle lui expliqua ce qu'elle attendait de lui.

la jeune fille quand elle le pria, en outre de sa besogne ordi-
naire, de l'aider à organiser un grand bal de charité dont
le produit était destiné aux victimes d'une récente cata-
strophe. Les billets coûtaient vingt francs.

Quand tout fut prêt, Mlle Daquilar fit remettre à Pierre
une gratification spéciale, puis elle lui donna elle-même un
billet.

« Je compte sur vous, lui dit-elle.

— Mais, mademoiselle, hasarda Pierre.

— Non, non, pas d'excuse, je tiens à vous avoir et je vous
aurai. »

Pierre ne résista pas; il résista d'autant moins que l'idée de
danser avec Arabelle le ravissait.

Depuis un mois qu'il voyait tous les jours la belle Américaine, l'admiration qu'elle lui avait tout d'abord inspirée
avait fait de rapides progrès; désormais la journée pour lui
n'avait qu'une heure, celle qu'il passait dans le bureau de la
jeune fille.

Il accomplissait la besogne qu'elle lui donnait avec un zèle,
une intelligence qui lui attiraient les compliments et les remerciements de la jolie Américaine, et ces remerciements étaient
faits avec une grâce, une délicatesse qui augmentaient encore
l'enthousiasme qu'éprouvait Cardot et qu'il renfermait au plus
profond de son être.

En allant au bal, Pierre n'aurait pas seulement la joie de
faire danser Arabelle, il pourrait aussi voir si elle avait pour
tout le monde la grâce charmante qu'elle déployait pour lui
ou si vraiment elle le traitait d'une manière exceptionnelle.

Pierre, qui croyait avoir bien caché son secret, était pourtant deviné par deux personnes : sa sœur et Annette.

Henriette, très alarmée, pensa d'abord à Esteban, qui lui
aurait peut-être donné un conseil; mais le jeune étudiant,

très occupé par la préparation du concours d'internat, n'était pas revenu rue de Ménilmontant.

Quand Pierre raconta à sa mère, à sa sœur, à Annette qu'il était invité au bal, Henriette se récria.

« Comment! tu as accepté?

— Je n'ai pas pu faire autrement. Mlle Daquilar a insisté de telle façon que j'aurais manqué de politesse en refusant.

— Il y a toujours un moyen, tu peux te dire malade.

— Non, dit Mme Cardot, il ne faut pas mécontenter Mlle Daquilar; ce serait d'une mauvaise politique, car cette jeune fille est toute-puissante sur l'esprit de son père. Pour une fois, ma chère Henriette, je ne peux me ranger à ton avis. »

Henriette soupira, mais n'ajouta rien ; son attention fut d'ailleurs attirée sur un autre objet.

Ayant quelque chose concernant leur travail commun à dire à Annette, elle se tourna vers elle et la vit avec étonnement pâle comme un linge. Les doigts qui tenaient l'aiguille tremblaient : quelques minutes encore, et la pauvre petite allait se trouver mal, ou fondre en larmes.

Henriette se leva vivement, passa son bras sous celui d'Annette et l'entraîna dans le jardin sous un prétexte quelconque.

Annette, qui étouffait, éclata en sanglots convulsifs.

Son amie l'emmena sous une petite tonnelle tout au fond du jardin et la fit asseoir.

« Merci, mademoiselle, dit Annette quand elle fut plus calme, je vous demande pardon, mais je suis un peu nerveuse, un peu malade.

— Pourquoi m'appelles-tu mademoiselle?

— Parce que je sais bien que je ne suis qu'une ouvrière....

— Comme moi.

— Fille d'ouvriers.

— Qu'importe.

Henriette l'attira doucement contre elle et la laissa pleurer.

— J'ai eu tort de l'oublier.

— Alors, c'est fini, Annette, tu n'aimes plus celle que tu appelais ton amie, ta sœur? »

À ce mot de sœur, les larmes Annette redoublèrent. Henriette l'attira doucement contre elle et la laissa pleurer.

« Pardon, Henriette, pardon, mais je souffre tant, si vous saviez....

— Je sais ou plutôt je devine, dit Henriette, mais il faut, tu dois cacher ton chagrin; ta fierté de femme l'exige. D'ailleurs, ma chère mignonne, les fous guérissent quelquefois, et mon pauvre frère est fou. »

Le jour du bal arriva.

Pierre, dans une tenue d'une correction irréprochable, monta dans une voiture. Annette, cachée derrière un rideau, le regarda partir.

Pauvre Annette! Elle n'était plus la même; ses yeux bruns si rieurs cinq semaines auparavant s'étaient creusés; elle se disait un peu souffrante afin de cacher à tous la cause de son chagrin.

Henriette était aussi triste que son amie et toutes deux vivaient dans une anxiété profonde en pensant à ce que l'avenir leur réservait.

Le travail seul apportait un réel soulagement à leurs pénibles préoccupations.

L'unique remède aux souffrances morales, c'est une tâche à accomplir.

La fatigue physique causée par l'effort du travail amenait parfois le sommeil, qui rendait l'énergie à Annette et à Henriette. Puis elles s'aimaient beaucoup et une sorte d'émulation de courage les soutenait.

Pendant qu'on souffrait en pensant à lui, Pierre était bien heureux, mille fois plus qu'il n'eût osé l'espérer dans ses rêves les plus ambitieux.

Arabelle le complimenta avec une grâce sans pareille sur la manière dont il bostonnait; elle lui parla de sa sœur, de sa mère avec une sollicitude marquée; pendant le cotillon, elle le choisit pour cavalier à presque tous les figures; bref, Pierre quitta l'hôtel Daquilar plus ensorcelé que jamais.

Henriette se demandait si réellement Mlle Daquilar avait l'intention d'épouser son frère. En le voyant si heureux, elle aurait dû se réjouir d'un événement qui allait changer si complètement leur vie; mais, outre qu'Henriette était profondément attristée du désespoir muet d'Annette, il lui en coûtait de devoir à d'autres le relèvement de leur maison.

La fière jeune fille qui avait refusé le prêt de M. Daquilar se sentait un peu humiliée en songeant que son frère entrerait sans fortune dans une maison aussi opulente.

Elle ne souhaitait plus la visite d'Esteban et sentait le rouge lui monter au visage à la seule pensée qu'il leur supposerait à tous des espérances cupides; puis, bientôt, en réfléchissant, elle remarqua que les visites d'Esteban avaient cessé au moment où Pierre était demandé comme secrétaire par Arabelle.

Henriette se rappela la contrariété évidente du jeune étudiant en apprenant cette fantaisie de sa sœur.

Peut-être avait-il deviné les projets d'Arabelle et les blâmait-il.

Il trouvait sans doute une pareille alliance ridicule pour sa sœur.

Toutes ces réflexions, toutes ces suppositions faisaient éprouver à Henriette une inquiétude qu'elle ne pouvait communiquer à personne.

Pierre voyait tout avec les yeux de l'espérance.

Mme Cardot, semblable à toutes les mères, trouvait son fils digne d'une reine et considérait la préférence dont il était

l'objet comme très naturelle; les objections d'Henriette lui
auraient paru absurdes.

Henriette n'osait parler à Annette. Tout ce qu'elle pouvait
faire, c'était de l'éloigner sous divers prétextes quand son frère
était à la maison afin de lui épargner le spectacle de son
enthousiasme et de ses espérances.

Un soir, Pierre revint et annonça à sa mère qu'il partait
pour la Touraine, envoyé en mission par Mlle Daquilar. Elle
avait les fonds pour acheter la ferme destinée à une maison
de convalescence pour les malheureux; on lui avait indiqué
une terre à vendre dans l'Indre-et-Loire; elle avait chargé
Pierre de l'acheter et de s'occuper des premiers aménage-
ments.

Il partait muni de la procuration de M. Daquilar et ne devait
pas revenir avant six semaines.

Cette absence de Pierre apporta une sorte de détente aux
préoccupations d'Henriette et de son amie.

Le jeune Prieur venait souvent, s'inquiétait beaucoup
d'Annette qui dépérissait de jour en jour et émit un soir
l'opinion qu'un changement d'air lui ferait le plus grand
bien.

Bontoux et sa femme, très préoccupés aussi de la santé de
leur fille, trouvèrent l'idée excellente et pensèrent aussitôt à
envoyer Annette en Normandie chez Carrier.

Ils rencontrèrent chez Annette une étrange résistance.

« Non, disait-elle, partir me tuerait plus sûrement, j'aime
mieux mourir ici. »

Les pauvres parents n'osaient la contrarier et, quant au
médecin, il n'avait pu trouver aucun remède à l'état nerveux
de la jeune fille.

XXI

AMÈRE DÉCEPTION.

Pierre resta en Touraine trois semaines de plus qu'il ne l'avait prévu, la maison avait besoin de réparations importantes qu'il dut surveiller lui-même et il ne fut de retour à Paris qu'au commencement de mai.

Sa mission avait réussi; la maison, bien organisée, pouvait recevoir dès maintenant des pensionnaires; il avait hâte de revoir Arabelle et de lui raconter tout ce qu'il avait fait pour exécuter ses instructions sans dépasser le crédit qu'elle lui avait assigné.

Il était installé à son bureau, attendant avec impatience qu'il sonnât cinq heures pour se rendre chez Arabelle quand M. Daquilar parut et annonça à ses employés qu'il avait une communication à leur faire.

« Je tiens, leur dit-il, à vous annoncer moi-même le mariage de ma fille Arabelle avec M. Darsting.

« Darsting est Américain et propriétaire de sources de pétrole qu'il fait exploiter. Le mariage aura lieu dans un mois et, en l'honneur de cette union, je vous prie, messieurs, d'accepter une gratification égale à un mois de vos appointements respectifs. »

Un hourrah général accueillit cette allocution du patron.

Quant à Pierre, complètement atterré, il n'avait plus la force de réfléchir; la nouvelle annoncée par M. Daquilar occupait heureusement les employés et ne leur permit pas de remarquer la singulière attitude du jeune homme.

Le moment de se rendre chez Arabelle arriva. Pierre se leva automatiquement, prit son pardessus, son chapeau et sortit. Une fois dans la rue, il sentit qu'il n'aurait pas la force de supporter la vue de la jeune fille; il prit un fiacre et retourna rue de Ménilmontant.

La nouvelle du mariage était déjà connue de Mme Cardot et des jeunes filles. C'était Annette qui, en ouvrant le journal, l'avait lue.

Une joie immense envahit inconsciemment la pauvre enfant; elle se la reprocha bien vite en voyant l'inquiétude de Mme Cardot et de sa fille, inquiétude qu'elle ne tarda pas à partager.

Quand la voiture s'arrêta, Henriette reçut son frère à la porte, monta avec lui dans sa chambre. Il était temps qu'il arrivât. Le coup si rude qu'il avait reçu l'avait atteint profondément; une fièvre intense se déclara accompagnée d'un délire effrayant.

Le médecin du quartier appelé jugea le cas extrêmement grave.

Alors Annette, sans consulter personne, pria son père d'aller immédiatement avertir Esteban.

Le jeune étudiant avait été très occupé par l'examen de l'internat qu'il venait de passer brillamment; il ignorait ce qui avait eu lieu ces derniers temps, mais, en écoutant le récit de Bontoux, il devina une partie de la vérité.

Bontoux parti, Esteban prit une voiture, se rendit chez le médecin des dames Cardot et lui offrit d'amener un de ses professeurs en consultation : le médecin, heureux de dégager sa responsabilité, accepta.

Le professeur diagnostiqua une fièvre cérébrale avec complications du côté du cœur et annonça qu'il reviendrait le lendemain et qu'il enverrait un interne pour diriger les soins.

« Si vous voulez bien le permettre, dit Esteban, je serai cet interne, je soignerai mon ami.

— Mais à merveille; il ne peut être en de meilleures mains. »

Aidé par Henriette et par Mme Bontoux, Esteban organisa tout pour le mieux.

Pendant dix jours, Pierre fut entre la vie et la mort; les divagations du malade affermirent Esteban dans la pensée que la coquetterie de sa sœur avait causé tout le mal.

La fièvre finit par céder, mais une sorte d'atonie bien dangereuse aussi lui succéda et les médecins ne pouvaient se prononcer.

Mme Cardot et Henriette ne se payaient pas des espérances vagues qu'ils leur donnaient.

Esteban, connnaissant l'énergie d'Henriette, ne lui dissimula pas la vérité; l'héroïque jeune fille, malgré l'affreuse inquiétude qui la torturait, dirigeait l'atelier, soutenait le courage d'Annette et veillait à ce que rien ne manquât à Esteban et à son malade.

La période de grande faiblesse dura encore une quinzaine de jours, puis le pouls se releva sensiblement, les médecins commencèrent à espérer et bientôt Pierre entra en convalescence.

A ce moment seulement, Esteban quitta son ami; il aurait bien voulu payer lui-même tous les frais de la maladie, mais

il sentit qu'il blesserait les dames Cardot; il s'arrangea pour
que ces frais fussent réduits au minimum.

Les médecins ayant déclaré qu'un changement d'air était
nécessaire au jeune convalescent, on pensa aussitôt à la

Le professeur diagnostiqua une fièvre cérébrale.

Saulaie. Annette fut chargée d'écrire à Carrier et la réponse
ne se fit pas attendre.

Pierre pourrait arriver quand il voudrait et, en avertissant
d'avance, Marie-Louise et Joseph seraient à la gare avec une
voiture.

Esteban jugea que Pierre devait attendre encore un peu
avant de partir, surtout pour voyager seul. D'ailleurs, il
voulait accompagner son ami à la gare, l'installer lui-même
dans un compartiment, et il ne serait pas libre avant quelques
jours, sa sœur se mariant le lendemain.

Le matin de la cérémonie, lorsque Esteban arriva, on lui
dit que son père était chez Arabelle; il s'y rendit.

Le coiffeur achevait de poser le voile de la mariée, admirablement belle dans sa toilette virginale.

« Esteban, dit M. Daquilar, j'ai des reproches à te faire; nous ne t'avons pas vu depuis plusieurs semaines et cependant il y avait ici des fêtes de famille où ta présence s'imposait.

— Cher père, répondit le jeune homme, vous savez que, dans notre profession, nous sommes obligés de faire passer le devoir avant notre satisfaction personnelle. J'avais un malade que je ne pouvais pas quitter sans grand danger pour lui; d'ailleurs, vous le connaissez, c'est Pierre Cardot, un de vos employés.

— Ah! c'est toi qui le soignais; on m'a dit qu'il a failli mourir et qu'il entre en convalescence. Voilà une cure qui te fait honneur.

— Oh! je n'étais pas seul. Un de mes professeurs assisté d'un autre médecin le soignait. Je m'en occupais seulement comme interne.

— Enfin! ce brave garçon est tiré d'affaire; tant mieux, car j'en fais grand cas. On m'a parlé d'une fièvre cérébrale. A-t-il attrapé cela en Touraine?

— Non, mon père, c'est au retour; une nouvelle qu'il a apprise brusquement et qui l'atteignait en plein cœur a déterminé cette maladie qui a failli l'emporter. »

En disant ces mots, Esteban regarda sa sœur, qui rougit sous son voile.

Le coiffeur avait fini et contemplait son œuvre avec complaisance. Enfin, il sortit et quelqu'un vint demander M. Daquilar.

Arabelle congédia ses femmes, et s'adressant à son frère :

« Esteban, lui dit-elle, vous venez d'être cruel, et cruel avec préméditation : un jour comme celui-ci, c'est mal.

— Si vous me trouvez cruel, que devez-vous penser de vous-même?

— Croyez-vous donc que je sois restée insensible à ce qui est arrivé? Quand j'ai su la maladie, j'ai compris ou plutôt deviné ce qui s'était passé : et je vous assure que personne n'a suivi avec plus d'anxiété que moi la marche de la maladie....

— Arabelle, je rends hommage à votre exquise sensibilité.... »

Esteban allait continuer sur ce ton ironique, lorsqu'il s'aperçut que sa sœur avait les yeux pleins de larmes. C'était la première fois qu'il la voyait pleurer.

« Oui, poursuivit la jeune fille, j'ai mal agi, on ne doit jamais jouer avec les sentiments de personne ; je le comprends maintenant que je connais William (c'était le nom de son fiancé), puis j'étais loin de m'attendre à me marier si rapidement. Je croyais que lorsque ce pauvre garçon reviendrait de Touraine, j'aurais le temps de lui faire comprendre tout doucement son erreur.

— Telle une chatte qui, en jouant avec une souris, donne un coup de griffe trop fort et....

— Esteban !

— Allons, je m'arrête en faveur de vos larmes qui m'attendrissent plus que tous les plaidoyers du monde. »

Arabelle n'eut pas le temps de répondre, M. Daquilar entrait avec M. Darsting.

Le père et le fiancé embrassèrent Arabelle, et tous les quatre descendirent dans le grand salon où les attendaient les personnes qui devaient former le cortège.

Après le lunch, Arabelle revêtit une toilette de voyage et partit avec son mari.

Esteban ne quitta pas son père ce soir-là ni le lendemain,

mais le jour suivant, dès le matin, il était chez les Cardot. Les ouvrières n'étaient pas encore arrivées.

Annette arrangeait dans le jardin une sorte de tente pour Pierre; le jeune interne la rejoignit. La jeune fille lui tendit la main. Quelques teintes rosées apparaissaient sur les joues pâlies d'Annette; les yeux encore bien cernés attestaient les souffrances et les inquiétudes endurées depuis trois mois, mais on sentait que la période de découragement avait passé pour faire place à une espérance.

« Comment va Pierre? demanda Esteban.

— Pierre est mieux, beaucoup mieux qu'on ne pourrait le penser.

— Mais je le trouvais très bien.

— Vous, peut-être, mais moi, j'étais inquiète; maintenant, je suis plus rassurée.

— Pourquoi?

— Mais, parce que... parce que... enfin, il a lu hier le journal en entier. »

Comme le mariage d'Arabelle avait été relaté la veille dans tous les journaux, Esteban comprit très bien qu'Annette avait voulu savoir l'effet que cette lecture ferait à Pierre.

Le jeune convalescent avait bien supporté cette épreuve; le temps achèverait de le guérir, et aussi le changement de milieu. Quant à Annette elle semblait dégagée d'un grand poids.

« Oh! oui, il est sauvé, dit-elle, bien sauvé, j'en réponds!

— Mais il me semble, dit Esteban en riant, que vous prononcez là des paroles qui me reviennent de droit. »

Annette éclata d'un franc rire et, en se retournant, elle se trouva en face de Lucien Prieur qui venait prendre des nouvelles de Pierre.

La surprise la fit rougir et Lucien rougit aussi par contrecoup.

« Comme vous êtes gais » dit-il d'un air contraint.

Esteban lui narra le sujet de leur gaieté, mais cette explication ne dérida pas le jeune ingénieur.

Pierre arrivait appuyé sur le bras de sa sœur; on l'installa dans un fauteuil.

« Merci, dit Henriette au jeune interne, merci d'être venu ce matin, car c'est vraiment d'aujourd'hui, et d'aujourd'hui seulement, que notre Pierre est guéri. Merci pour votre amitié, pour votre dévouement, » ajouta-t-elle, en laissant voir une source d'émotion d'autant plus touchante que la jeune fille était habituellement peu expansive.

Esteban, plus ému encore, ne trouva rien à répondre.

« Mon dévouement pour Pierre, pensait-il, me sera-t-il jamais permis de laisser voir de combien d'éléments il était composé? »

Il se contenta de serrer la main qu'Henriette lui avait tendue, retourna près de Pierre causa un instant, prit congé et partit avec Lucien.

Arrivé à la porte, l'ingénieur allait se séparer du médecin, quand Esteban lui proposa de l'accompagner jusqu'à son usine.

« Avec plaisir, » répondit Lucien, du ton dont il aurait dit : « Qu'il aille à tous les diables! »

« Mon cher monsieur, lui dit Esteban, comment trouvez-vous Mlle Bontoux?

— Je la trouve charmante, digne de toute l'affection et de tout le dévouement d'un honnête homme, répondit le jeune ingénieur, d'un ton qu'il s'efforçait de ne pas rendre acerbe.

— Je suis exactement de votre avis, dit Esteban.

— Et où voulez-vous en venir? demanda Prieur.

— J'en veux venir à ceci, dit Esteban d'un ton plus grave, c'est que, tout en trouvant Mlle Bontoux une charmante jeune fille, je ne suis et ne serai jamais un obstacle pour l'honnête homme qui voudra l'entourer d'affection et de dévouement, car je n'aspire nullement à l'épouser. »

Avez-vous vu quelquefois pendant l'été le ciel rempli de nuages ?

Un rayon de soleil arrive et les balaie comme par enchantement.

La phrase du jeune Daquilar fut ce rayon de soleil.

Lucien prit les mains d'Esteban et les serra avec une chaleur extrême.

« C'est égal, lui dit Esteban, ne croyez pas la partie gagnée pour cela. Bien des généraux ont perdu des batailles pour s'être mis en garde d'un côté où leur armée ne courait aucun danger, tandis qu'ils négligeaient un autre point par où l'ennemi pénétrait. »

Là-dessus, Esteban prit congé du jeune ingénieur dont sa dernière phrase n'était pas parvenue à altérer la sérénité.

TOUSSAINT S'EXPLIQUE, PIERRE RÉFLÉCHIT

Depuis huit jours que Pierre était à la Saulaie, humant l'air pur et buvant d'excellent lait, ses forces revenaient à vue d'œil. Toussaint venait le prendre en voiture et, tout en allant dans les marchés, il lui faisait voir le pays. Ce jour-là c'était le père Fautras qui allait à la ville; il fut très aimable avec Pierre et l'invita à dîner pour le dimanche suivant, à midi.

Quand il rentra à la Saulaie, Pierre trouva Jean Carrier et sa femme à la barrière de la cour, reconduisant un homme d'environ trente-cinq ans que Pierre reconnut pour un de leurs voisins.

Pierre raconta sa promenade et dit qu'il était invité à dîner par Fautras. Pauline et son mari se regardèrent.

« Ce serait, dit Pauline, une occasion de demander des renseignements.

— Certainement, répondit Jean, dépêche-toi de parler à M. Pierre pendant que Marie-Louise n'est pas là.

— Eh bien! voici la chose : le voisin qui sort d'ici, un nommé Quesnel, venait tout simplement nous demander si

Marie-Louise voudrait l'accepter pour mari. C'est un homme
qui a au moins trente-six ans, il est veuf et a une petite fille
de deux ans; seulement il a du bien et, comme il a reconnu
toutes les bonnes qualités de Marie-Louise, il la prendrait sans
dot, car nous n'avons bien entendu rien à lui donner, souligna
Pauline.

« Seulement, avant d'en parler à notre fille, nous aurions
voulu avoir l'avis des Fautras qui sont du pays, qui connaissent
la famille de cet homme-là, ses antécédents, enfin, qui peuvent
nous donner des renseignements sérieux.

« Comme c'est toute une affaire pour moi de m'absenter, si
vous vouliez dimanche vous charger de les interroger, vous
nous feriez plaisir. »

Pierre accepta et, le dimanche suivant, il arriva à la Blancherie à onze heures. Mme Fautras le reçut très gracieusement
et, pendant que Fautras et Toussaint faisaient faire au jeune
Parisien le tour du propriétaire, elle veilla aux préparatifs du
repas, qui fut excellent. Tout en buvant son café, Pierre félicita
Arthémise et son mari du bon ordre et du soin qui régnaient
dans leur culture.

« Bien sûr que nous nous donnons du mal, dit Mme Fautras,
et bien en pure perte, car nous avons un fils qui trouve que la
famille Fautras a assez duré, puisqu'il ne veut pas se marier. »

Pierre regarda Toussaint qui était devenu très rouge.

« Oui, reprit le père Fautras, nous avions trouvé pour lui
une jeune fille qui apportait en dot la bagatelle de soixante-
dix vergées, quatorze hectares en excellent fonds. Eh bien !
monsieur, il l'a laissé prendre à un autre, car vous pensez
bien qu'une fille qui possède soixante-dix vergées trouve des
épouseurs à la douzaine.

— Ainsi vous ne voulez pas vous marier? dit Pierre à Toussaint.

— Je n'ai pas dit ça, je ne dis rien, répondit Toussaint, qui continuait à tortiller sa serviette.

— Tu ne dis rien, mais tu as bien su dire non quand il s'est agi d'épouser Rose, observa Fautras.

— Elle ne me plaisait pas et ça serait à refaire, que je recommencerais.

— Comme si une femme qui vous apporte soixante-dix vergées et qui n'est ni borgne ni bancale, pouvait déplaire! murmura Mme Fautras.

— Allons, dit Fautras d'un ton conciliant, on a dit qu'on ne reparlerait plus de ce mariage. »

Ce mot de mariage rappela à Pierre la mission qui lui avait été confiée et, comme la servante était allée traire, il en profita pour parler aux Fautras du prétendant Quesnel.

A mesure qu'il s'expliquait, il voyait les yeux de Mme Fautras exprimer une vive satisfaction; quand il eut fini, elle s'écria :

« Ah! mais elle a de la chance, cette petite! C'est un superbe parti, un homme qui a plus de soixante vergées, et un homme d'une très bonne famille : son grand-père était juge de paix. Vous pouvez dire à Carrier qu'il ne trouvera jamais mieux, n'est-ce pas, Fautras? »

Fautras répondit :

« Pour sûr qu'il a soixante vergées bien à lui, ça n'est pas peu.

— Et vous n'ajoutez pas, mon père, s'écria Toussaint, qu'il est avare et méchant, et qu'on assure qu'il a fait mourir sa femme de chagrin.

— Est-ce qu'il faut croire tout ce qu'on dit? répliqua Mme Fautras, le monde est si méchant!

— Vous savez bien, ma mère, que si vous aviez une fille, vous ne la lui auriez pas donnée.

— Est-ce que ça se ressemble, est-ce que ça se compare?

Est-ce que ma fille serait dans les conditions de Marie-Louise qui n'a pas le sou?

— Ce n'est pas une raison pour épouser un homme qui a une pareille réputation et qui, de plus, pourrait être son père.

— Voyons, voyons, ne vous emportez pas, reprit Fautras. Moi, je suis un peu de l'avis de Toussaint. Ce Quesnel ne me revient pas et je n'aimerais pas à savoir Marie-Louise malheureuse; après tout, l'argent ne fait pas toujours le bonheur; quand nous avons commencé, nous étions bien loin d'avoir ce que nous possédons à cette heure; eh bien! on était jeune, on travaillait et on était content.

— J'aime à vous entendre parler comme cela, mon père, dit Toussaint dont le visage rayonnait.

— Eh bien! poursuivit Fautras, je connais un garçon qui ne possède pas soixante vergées comme Quesnel, mais qui en a au moins une quinzaine; il a vingt-cinq ans, c'est un excellent sujet, pas buveur, bon travailleur; avec une femme comme Marie-Louise, je suis sûr qu'il fera une très bonne maison.

« Puisque Carrier songe à la marier, je lui parlerai de ce garçon à qui elle plaît beaucoup, puisqu'il me l'a dit. »

La figure de Toussaint ne rayonnait plus, il tourmentait le manche son couteau et semblait en proie à une vive émotion.

Tout à coup, il prit la parole :

« Mon père, et vous, ma mère, j'étais résolu à me taire, mais puisqu'on parle de marier Marie-Louise, je veux que vous sachiez ce que je pense et pourquoi j'ai refusé de demander Mlle Rose. C'est que je souhaite d'avoir Marie-Louise pour femme et, si je ne l'épouse pas, jamais je ne me marierai.

— Si tu faisais une chose pareille, tu ne repasserais jamais le seuil de ma maison, s'écria Mme Fautras.

— Marie-Louise est une bonne et honnête fille, vous n'avez rien à dire sur sa famille qui est celle de mon père.

La figure de Toussaint ne rayonnait plus.

— Oui, mais nous n'avons pas travaillé, économisé toute notre vie pour voir notre fils unique épouser une fille à qui on ne donnera pas un liard de dot. Ça, jamais, tant que je vivrai.

— C'est bien, ma mère, j'ai trop de respect pour vous et mon père pour aller contre votre volonté, mais vous désiriez savoir pourquoi je ne voulais pas me marier, vous le savez maintenant et c'est un grand poids de moins pour moi.

— Et si Marie-Louise se marie? dit Fautras.

— Ça me fait si grand'peine d'y penser seulement, que si pareille chose arrivait, je crois que je ne pourrais pas rester dans le pays. »

Les trois hommes se levèrent et sortirent, tandis que Mme Fautras, en proie à une colère indicible, débarrassait la table.

Toussaint reconduisit Pierre à la Saulaie et, comme Pierre lui disait que peut-être ses parents céderaient :

« Mon père peut-être, répondit Toussaint, mais ma mère, jamais.

— Et vous?

— Moi non plus. Je sais la force de l'affection qui m'attache à Marie-Louise depuis que j'ai refusé de demander Rose Blanchard.

« Voyez-vous, monsieur, nous autres paysans, nous aimons la terre, surtout la bonne terre ; nous gagnons l'argent à la sueur de notre front et nous l'économisons pour acheter de la terre ; aussi quand nous trouvons soixante-dix vergées de première qualité et que nous n'avons qu'un mot à dire pour qu'elles soient à nous, il faut quelque chose de bien fort pour nous y faire renoncer.

« C'est que Marie-Louise est si bonne et en même temps si laborieuse, si économe, si soigneuse! Il faut voir le dévouement qu'elle a eu pour son père et cela fait juger de celui qu'elle aurait pour son mari. L'argent, c'est bien bon, mais une femme comme elle, c'est un trésor. »

Toussaint se tut et Pierre ne reprit pas la parole; il se plongeait dans ses réflexions.

La scène qui venait de se passer aurait dû lui rappeler de récents souvenirs, mais, chose curieuse, ce n'était pas à Arabelle qu'il songeait. Une tête brune et frisée passait devant ses yeux, celle d'Annette, dont Marie-Louise ne faisait que lui parler depuis qu'il était à la Saulaie.

Marie-Louise lui avait raconté combien la petite Bontoux avait été bonne pour elle et comment son amitié l'avait soutenue au moment des luttes si cruelles subies pendant son séjour à Paris.

Oui, celle-là aussi serait une compagne bonne et dévouée!

On arriva à la Saulaie, Toussaint ne voulut pas s'arrêter et repartit immédiatement. Marie-Louise était chez son amie, la maîtresse d'école. Pierre en profita pour communiquer aux Carrier les renseignements recueillis sur Quesnel, gardant pour lui les secrets qui lui avaient été révélés.

Pauline traita de cancans sans valeur ce qu'on disait de Quesnel; mais Carrier ne fut pas du même avis.

Il fut décidé qu'on parlerait à Marie-Louise de la demande dont elle était l'objet aussitôt qu'elle rentrerait. Marie-Louise refusa net, disant qu'elle se trouvait très bien avec ses parents et entendait ne jamais les quitter.

« Jamais, lui dit Pierre quand ils furent seuls, vous êtes comme votre cousin Toussaint. »

Une fugitive rougeur passa sur les joues de la jeune fille.

« J'ai reçu, dit-elle une lettre de votre sœur, je vais vous la lire :

Toussaint reconduisit Pierre à la Saulaie.

« Ma chère Marie-Louise,

« Nous sommes bien heureuses de savoir Pierre auprès de vous, en bon air et bien soigné ; les excellentes nouvelles qu'il nous donne de sa santé ont ravi ma mère, qui remercie du fond du cœur vos bons parents et vous de l'accueil fait à notre cher convalescent.

« Je suis chargée par M. et Mme Bontoux de vous parler d'une chose qui les préoccupe beaucoup en ce moment.

« Il s'agit d'Annette.

« Vous avez reçu son portrait, vous savez comme elle est devenue charmante ; de plus, elle est travailleuse, économe, instruite, intelligente ; elle est fille unique et on sait que M. et Mme Bontoux ont de gentilles économies ; aussi Annette a-t-elle été déjà très recherchée, mais c'était toujours par des ouvriers et, à tort ou à raison, elle ne veut pas épouser un ouvrier.

« Jusqu'ici ses parents n'ont jamais insisté auprès d'elle, mais il vient de se présenter un parti qu'ils regardent comme inespéré.

« Un jeune ingénieur, M. Prieur, dont nous vous avons parlé souvent dans nos lettres, a demandé Annette. C'est un garçon très bien élevé, très instruit, il possède une petite aisance et a beaucoup d'avenir : aussi M. et Mme Bontoux souhaiteraient vivement voir Annette agréer sa demande. Sans avoir précisément dit non, Annette ne paraît pas décider à dire oui.

« M. et Mme Bontoux savent toute l'influence que vous avez sur Annette et ils vous prient de lui écrire pour lui démontrer qu'elle ne retrouvera peut-être jamais un mariage lui apportant autant de chances de bonheur. »

« C'est bien difficile, dit Marie-Louise en interrompant sa

lecture, de donner de loin des conseils pour un acte aussi grave qu'un mariage.

« Si Annette refuse un parti semblable, c'est qu'elle doit avoir une raison sérieuse. Vous qui vivez auprès d'elle, qu'en pensez-vous?

— Je n'en sais pas plus que vous, répondit Pierre, qui semblait nerveux.

— Quand une jeune fille n'accepte pas un mariage avantageux comme le paraît celui-ci et que le prétendant possède toutes les qualités de M. Prieur, c'est qu'elle a peut-être l'idée d'en épouser un autre.

— C'est possible, répondit Pierre dont le trouble n'échappa point à Marie-Louise.

— Quoi qu'il en soit, poursuivit la jeune fille, je vais lui écrire qu'elle a bien tort, qu'elle doit réfléchir, que plus tard elle pourrait regretter d'avoir pris une détermination trop brusque, enfin je vais tâcher de la décider.

— Pourquoi lui écrire tout cela? s'écria Pierre, il faut la laisser libre de son choix. Et quand Prieur aurait des qualités extraordinaires, qu'importe! s'il ne lui plaît pas.

— C'est égal, reprit Marie-Louise, je suis son amie et je dois lui faire remarquer que son éducation, l'habitude qu'elle a prise de vivre avec des personnes distinguées comme votre mère et votre sœur lui ont donné des aspirations qui ne sont pas en rapport avec la situation, la manière d'être de ses parents et qu'elle ne rencontrera peut-être jamais un homme bien élevé qui consente à prendre sa femme dans une famille d'ouvriers.

— Pourquoi donc?

— Il faut aimer beaucoup une jeune fille pour oublier ainsi le rang qu'on tient dans la société.

— C'est vrai, dit Pierre devenu pensif, je n'y avais jamais

réfléchi. Mais, ajouta-t-il très rapidement, Annette fera honneur à son mari quelle que soit la situation qu'il occupe.

— Annette, c'est certain, mais son père et sa mère, à l'âge qu'ils ont, ne prendront jamais les habitudes d'un monde où ils n'ont pas vécu, et il peut y avoir des jours où son mari en souffrira.

« Annette aime beaucoup ses parents et il ne faudra pas que son mari laisse jamais percer la contrariété qu'il peut éprouver à leur endroit; elle en serait très malheureuse.

— Et qui vous dit que Prieur ait réfléchi à tout cela?

— Je sais par Mlle Henriette qu'il a réfléchi, qu'il a décidé sa mère et que c'est un garçon plein de délicatesse.

La perfection faite homme, répondit Pierre avec une certaine humeur.

— Je croyais, dit Marie-Louise, que vous aviez beaucoup d'estime et d'affection pour ce jeune homme, et comme vous avez de l'amitié pour Annette, j'espérais que vous lui écririez pour la pousser à accepter un mari qui la rendra fort heureuse.

— Ma foi, non; je ne juge pas nécessaire de donner des conseils en semblable matière. »

Et Pierre prit son chapeau pour rejoindre Carrier.

XXIII

FIN DES RÉFLEXIONS DE PIERRE

QUAND Pierre fut parti, un sourire presque triomphant parut sur les lèvres de Marie-Louise.

La jeune fille avait été mise par Henriette au courant de ce qui s'était passé entre Arabelle et Pierre ; elle connaissait aussi les sentiments d'Annette et elle était chargée par Mlle Cardot de deviner ceux de Pierre pour sa jeune amie.

La demande de Lucien Prieur était arrivée à point pour aider Marie-Louise dans sa délicate enquête.

Elle monta dans sa chambre et écrivit à Henriette : voici ce qui concernait Annette et Pierre.

« J'ai montré, comme vous me l'aviez conseillé dans le billet particulier que vous aviez mis dans l'enveloppe, votre lettre à votre frère.

« La demande de M. Prieur l'a visiblement contrarié et l'idée qu'Annette était disposée à refuser lui causait une satisfaction évidente.

« J'ai déclaré que j'allais écrire à Annette pour la décider ; il ne m'a pas approuvée et, en termes polis bien entendu, il a eu l'air de trouver que je me mêlais de ce qui ne me regarde pas.

« Je suis persuadée que M. Pierre ne tardera pas à ouvrir les yeux et à apprécier notre chère Annette comme elle le mérite.

« Vous ferez bien quand vous écrirez à votre frère de ne parler

Il lut la lettre à Marie-Louise.

que d'une façon très vague de la demande de Prieur ; pas de détails, laissez votre frère dans l'incertitude. »

Pendant les quelques jours qui suivirent son entretien avec Marie-Louise, Pierre attendit avec impatience l'arrivée du facteur, et quand une lettre de Paris arriva enfin, il la décacheta avec une impatience fébrile.

Henriette parlait avec beaucoup de détails de mille choses qui n'intéressaient nullement Pierre, mais sur ce qui concernait Annette, il ne trouva que cette phrase :

« M. et Mme Bontoux et Annette t'envoient leurs bons souvenirs ; la joie a reparu dans leur maison avec la santé et la fraîcheur de notre charmante Annette qui est plus jolie que jamais. »

Un point, et c'était tout. De Prieur, pas un mot.

Pierre, dont l'imagination travaillait, se dit qu'évidemment, cette fraîcheur, cette belle santé d'Annette étaient l'œuvre du bonheur, de la joie qu'elle éprouvait à devenir la femme de ce petit ingénieur.

Il lut la lettre de sa sœur à Marie-Louise qui s'écria :

« Bon ! Annette est gaie, heureuse ; c'est qu'elle s'est décidée à accepter ce brave jeune homme pour mari.

— Vous le pensez aussi, dit Pierre qui, malgré ses efforts, sentait trembler sa voix. Nous nous trompons peut-être. Elle peut avoir refusé, et c'est la satisfaction d'avoir pris le parti de se débarrasser d'un prétendant qui lui déplaît qui la délivre d'un grand poids.

— Pourquoi ce jeune homme lui déplairait-il ?

— Vous savez bien que ma sœur vous a écrit qu'elle ne se décidait pas facilement, donc c'est qu'il ne lui plaisait pas.

— Oh ! ce n'est peut-être pas cette raison qui lui faisait reculer sa réponse. Annette est fière et, sachant que la mère de M. Prieur a hésité à l'accepter pour belle-fille, elle tient à son tour à ne pas consentir trop rapidement.

— C'est possible, dit Pierre en tordant nerveusement sa moustache. Qui vivra verra. En attendant, je vais écrire à Annette qu'elle ne se laisse pas trop influencer par ses parents, qu'elle ne prenne avis que d'elle-même, car en vérité, personne ne lui donne un conseil raisonnable.

— Je trouve, au contraire, qu'on ne lui donne que des conseils raisonnables et je regrette de vous dire que c'est plutôt le vôtre, monsieur Pierre, qui me paraît manquer de logique. D'ailleurs, l'autre jour, vous étiez décidé à vous abstenir en fait de conseil, vous avez donc changé d'avis ?

— Peut-être, dit Pierre d'un ton évasif; mais vous avouerez que ma sœur est bien singulière de ne pas nous parler d'une chose qui nous intéresse beaucoup.

— C'est peut-être qu'il n'y a rien de nouveau et qu'Annette ne s'est pas encore prononcée.

— Vous voyez bien qu'elle hésite, qu'elle souffre peut-être! »

Et sans expliquer pourquoi Annette devait hésiter et souffrir, Pierre sortit et s'en alla dans la campagne.

Au bout d'une heure, il revint et déclara qu'il partirait le lendemain pour Paris; il se sentait vraiment tout à fait bien portant et craignait que M. Daquilar ne trouvât qu'il en prenait trop à son aise.

Marie-Louise ne dit rien, mais au fond, elle était enchantée de voir que son complot, ou plutôt celui d'Henriette avait réussi.

XXIV

DOUTES D'ESTEBAN. — SCRUPULES D'HENRIETTE
CHAGRINS DE CHARLOTTE

Un mois s'est écoulé depuis que Pierre a quitté la Saulaie, et, ce mois, il l'a bien employé, car il est le fiancé d'Annette qu'il doit épouser dans deux mois. M. Daquilar, qui commence à sentir le poids de l'âge, a pris un fondé de pouvoirs qui dirige sa maison de commission, et il lui a donné Pierre Cardot pour secrétaire avec des appointements de quatre mille francs.

Annette est redevenue la gaie et rieuse jeune fille que nous avons connue au début de ce livre ; elle prépare son trousseau et organise le petit appartement qu'elle va occuper au deuxième étage de la rue de Ménilmontant.

Ce jour-là, elle vient de recevoir des échantillons de perse pour ses rideaux ; elle accourt chez Henriette pour lui demander son avis. Annette n'est satisfaite d'un objet que lorsque son amie, sa sœur, en a approuvé le choix.

Henriette travaille sous la tonnelle ; les deux jeunes filles éparpillent autour d'elles les échantillons, discutent gaiement, choisissent et calculent ensuite les quantités nécessaires.

Le choix fait, Annette ramasse ses échantillons pour aller bien vite faire sa commande, car le temps passe rapidement, et il faut profiter de la morte-saison pour tout installer.

En se retournant, elle pousse un cri de surprise. Esteban est là qui contemple les deux jeunes filles en souriant.

« Oh! que vous m'avez fait peur!

— Je vous demande pardon, dit Esteban en la saluant ainsi qu'Henriette, mais Mme Bontoux m'a dit que je vous trouverais dans le jardin, Pierre est venu m'annoncer son mariage et je tenais à vous présenter mes vœux bien sincères. »

Annette reprit sa place, mais elle dut la quitter bientôt; on vint la chercher pour recevoir des meubles.

Esteban resta seul auprès d'Henriette qui lui demanda comment il avait trouvé Pierre.

« Admirablement remis, dit Esteban : le bonheur achèvera l'œuvre de la campagne; quant à Mlle Annette, elle est fraîche comme une rose.

— Oui, dit Henriette, tous ses malaises ont disparu quand son mariage a été décidé.

— Vous désiriez vivement cette union, dit Esteban.

— Oui, j'ai pu apprécier Annette; je connais son cœur et aussi son caractère. Elle a les qualités qui manquent à Pierre; elle le complétera en quelque sorte.

— C'est vrai. Votre père avait raison, mademoiselle, en vous confiant la direction de ceux qu'il quittait pour toujours. Vous étiez digne de cette tâche qui est maintenant accomplie : votre frère se marie avec une femme très intelligente; la maison fondée par vous donne d'excellents résultats, et ces résultats, vous les avez obtenus seule, sans accepter l'aide de personne », ajouta Esteban avec une sorte d'amertume.

Henriette leva la tête.

« Que voulez-vous dire? demanda-t-elle.

— C'est que mon père avec qui je cause plus souvent et surtout plus longuement maintenant que nous sommes seuls dans
notre immense hôtel, m'a dit qu'il avait offert de vous prêter
quelque argent au moment où vous commenciez, mais que
vous aviez nettement refusé. Vous auriez rougi de nous devoir
quelque chose.

— Comment pouvez-vous parler ainsi, demanda Henriette,
et pourquoi jugez-vous mes actions sans en connaître le
mobile? Si j'ai refusé l'argent que votre père mettait si généreusement à ma disposition, c'est que je savais, par une
cruelle expérience, combien il est dur d'avoir des créanciers
que l'on ne peut rembourser. Mais ai-je refusé le téléphone
que M. Daquilar a fait installer ici? Ai-je refusé votre dévouement et les soins que vous avez prodigués à mon frère?
Croyez-vous que j'aie été dupe, quand les médecins ont
demandé des honoraires dérisoires, et ai-je rougi de vous
devoir de la reconnaissance? »

Esteban ne disait rien et rayait avec sa canne le sable de
l'allée.

« Vous ne répondez pas? demanda Henriette.

— Vous n'auriez peut-être pas voulu accepter, dit Esteban,
si la maladie de Pierre avait eu une autre cause....

— Vous ne le pensez pas, interrompit Henriette devenue
très pâle; c'est vous qui, en parlant ainsi, semblez vouloir
mépriser ma gratitude. Si j'étais dans l'opulence, vous ne
songeriez pas à m'accuser de fierté, à me croire incapable de
reconnaissance. Je n'avais jamais senti comme aujourd'hui le
malheur d'être pauvre.

— Puissiez-vous ne le sentir jamais, comme je sens celui
d'être riche! »

Un silence suivit cette réponse d'Esteban.

Dans cette minute, Henriette eut la perception très nette

que, si elle disait seulement un mot, l'aveu renfermé si longtemps dans le cœur du jeune homme allait enfin s'échapper;
mais sa fierté, cette fierté native accrue par la ruine et la pau-
vreté, arrêta encore Henriette.

Le mot qu'Esteban attendait ne fut pas prononcé; il fut
pas remplacé par une phrase banale suivie d'autres phrases
également banales; puis Esteban, s'inclinant profondément
devant Henriette, serra froidement la main qu'elle lui tendit
et sortit de la maison.

Cinq minutes après, Annette revenait, son chapeau sur la
tête, et embrassait joyeusement Henriette.

« Nous partons, maman et moi, dit-elle. Nous avons rendez-
vous avec Pierre pour choisir la vaisselle.

— A tout à l'heure, ma chérie, » répondit Mlle Cardot, qui
n'avait pas trop de toute sa force de caractère pour cacher l'affreux vide qu'elle ressentait au cœur depuis le départ d'Esteban.

En se retournant, Annette se trouva en face de Charlotte
qui apportait son ouvrage pour travailler sous la tonnelle; les
yeux noirs de l'enfant avaient en ce moment quelque chose de
farouche. Annette embrassa la fillette qui se laissa faire d'un
air boudeur.

La jeune fiancée était trop occupée de son bonheur pour
remarquer les nuages qui attristaient le front de ses amies;
elle partit légère comme un oiseau.

« La voilà qui se sauve, dit Charlotte d'un ton aigre. Elle
aurait pu me proposer de l'accompagner, moi qui ne sors
jamais; cela m'aurait fait du bien, maintenant elle ne pense
plus qu'à Pierre, le reste du monde n'existe plus. »

Henriette sourit, en donnant une petite tape d'amitié à sa
jeune sœur, qui éprouvait ce petit sentiment de jalousie que
ressentent les enfants gâtés lorsqu'un événement important
détourne d'eux la pensée de tous.

Un quart d'heure après, lorsque Henriette rentra dans la maison, elle trouva Lucien Prieur qui venait prendre congé de Mme Cardot avant de partir pour la Russie où il avait trouvé une situation dans une importante usine.

Lucien avait vu partir Annette et il avait choisi ce moment pour descendre, car depuis sa déconvenue, il ne s'était pas senti le courage de revoir Mlle Bontoux. Il partait le soir et, après une courte visite où il remercia Mme Cardot de la sympathie qu'elle lui avait témoignée, il prit congé d'elle et d'Henriette.

Avant de remonter dans son appartement, il voulut revoir encore une fois le jardin où il avait passé de si douces heures et fait un rêve si cruellement déçu.

Charlotte aperçut Prieur; elle vit la tristesse du pauvre garçon qui s'accordait si bien avec la sienne, et, avec l'exubérance de l'enfance, car c'était bien une enfant, elle s'élança vers lui et, fondant en larmes, lui prit la main.

« Ah! monsieur Lucien, dit-elle, comme nous sommes malheureux! Moi aussi, personne ne m'aime plus, je suis un zéro dans la maison. »

Et la fillette essuyait ses yeux bouffis par les larmes.

« Je vous assure que je vous plains bien, reprit-elle, on a été très méchant avec vous, et moi, cela me fait de la peine de vous voir partir. »

Lucien, peu enclin par nature à trouver le côté comique des choses, ne remarqua ni les cheveux ébouriffés de Charlotte, ni ses longues mains rouges sortant de ses manches trop courtes, il sentit seulement une sympathie qui venait à lui et remercia la fillette de tout son cœur.

A ce moment, un jeune chat gris s'approcha et frotta ses oreilles contre la jupe de sa maîtresse, Charlotte le prit, l'embrassa, le serra contre elle comme si ce chat devait désormais

Un silence suivit cette réponse.

13

remplacer pour elle toutes les affections envolées, puis elle le
tendit à Lucien qui machinalement le caressa pour faire
plaisir à sa petite amie.

Mais l'heure s'avançait. Prieur et Charlotte se donnèrent
une forte poignée de mains, puis, en le reconduisant, Charlotte poussa un crie de joie.

« Tiens, un bouton d'œillet qui s'est ouvert; gardez-le,
monsieur Prieur, c'est le premier. »

Lucien prit l'œillet et le mit dans son portefeuille.

« Je n'ai que cela à vous donner, lui dit Charlotte en lui
serrant une dernière fois la main. Vous serez bien aimable de
m'envoyer des cartes postales, monsieur Prieur.

— Oh! oui, mademoiselle, je vous le promets. »

XXV

INTERVENTION DE L'AMÉRICAIN

En rentrant chez lui Esteban avait trouvé une lettre d'un de ses professeurs lui demandant s'il accepterait de partir en Turquie avec une des plus hautes personnalités médicales pour étudier le microbe de la peste.

Esteban lut la lettre, puis entra dans le cabinet de son père et la lui remit.

« Eh bien? dit M. Daquilar après avoir lu.

— Eh bien, mon père, j'ai envie d'accepter.

— Grand merci, mon ami, cette détermination est aimable pour moi : je suis vieux, isolé, c'est le moment de partir.

— Je suis si rarement avec vous, mon père, que....

— C'est possible, mais je sais que tu es là.

— Cela suffit, mon père, je ne partirai pas.

— Il faut faire mieux encore.

— Quoi donc?

— Il faut te marier. Je comprends que tu t'ennuies dans cette grande caserne, avec un vieux bonhomme comme moi. Il faut ici une femme et des enfants. Donc, fais ton choix : quel qu'il soit, je l'approuve d'avance.

— Merci, mon père, je ne veux pas me marier.

— Alors c'est que tu as de l'affection pour quelqu'un. »

Esteban se tut.

« Est-ce donc une personne indigne d'être ta femme?

— Mon père.... »

M. Daquilar connaissait son fils; il n'insista pas, mais il sentait qu'il avait touché juste et voulut en avoir le cœur net. Il écrivit à sa fille ses suppositions et lui demanda si, de son côté, lorsqu'elle habitait Paris, elle avait remarqué, de la part d'Esteban, une préférence pour une des jeunes filles qu'il rencontrait dans le monde.

Arabelle répondit immédiatement qu'Esteban n'avait distingué aucune jeune personne dans le monde, vu qu'il y allait le plus rarement possible, mais qu'il se rendait assez souvent chez Mme Cardot.

Vraisemblablement, ajoutait la jeune femme, ce n'était pas seulement pour voir son ancien camarade qu'il pouvait tout aussi bien rencontrer dans les bureaux de son père.

« C'est ma foi vrai, pensa M. Daquilar; il n'y a que les femmes pour deviner ces choses-là. Dans cette maison, il y a deux charmantes jeunes filles, c'est une des deux qui plaît à Esteban. »

Tout à coup, il se rappela que Pierre Cardot allait épouser Annette Bontoux.

« Qui de deux retire une, se dit l'Américain, reste une, et cette une, c'est Mlle Cardot. J'en suis enchanté; elle me plaisait tout à fait, cette jeune fille : de la décision, de l'énergie, de la fierté. Ah! ça, pourquoi ne veut-elle pas de mon fils? Nous allons voir cela. Le mieux est d'examiner les choses par soi-même; c'est la devise que j'ai suivie toute ma vie, qu'elle me serve encore cette fois. »

M. Daquilar demanda son automobile, se fit conduire chez

un bijoutier, acheta une jolie broche et se rendit rue de Ménilmontant. Il trouva Mme Cardot seule avec Charlotte et lui dit
qu'il venait la féliciter du mariage de son fils et apporter un
petit présent à la jeune fiancée.

Puis, très habilement, il posa une série de questions d'un
air détaché et acquit la conviction qu'il n'y avait aucun projet
de mariage pour Henriette.

« Vous voyez quelquefois mon fils, madame?

— Nous le voyions autrefois assez souvent, mais voilà déjà
quelque temps qu'il n'est venu.

— Oh! il travaille beaucoup. »

M. Daquilar prit congé de Mme Cardot en demandant la
permission de revenir et, remontant dans son automobile, il
se plongea dans ses réflexions.

« Esteban avait sans doute de l'amitié pour la petite Bontoux, se dit-il, et maintenant qu'elle va se marier, il ne
retourne pas dans la maison. C'est très désagréable. Il faut
que j'éclaircisse cela. »

Pendant le dîner, M. Daquilar ne parla de rien à cause des
domestiques, mais une fois dans le fumoir, il raconta à son
fils sa petite expédition.

« C'est une excellente idée que vous avez eue là, mon père,
dit Esteban. Pierre sera bien touché et sa gentille fiancée
aussi.

— J'ai eu le regret de ne pas la rencontrer : il paraît qu'elle
est charmante, tout à fait jolie.

— Oh! oui. Et gracieuse, et spirituelle. Il y a longtemps
qu'elle distinguait Pierre qui ne s'en doutait pas. Je le voyais
bien, moi, mais, vous comprenez, mon père, il est bien délicat
de parler de ces choses.

— A qui le dis-tu! dit M. Daquilar en soupirant.

— Enfin, Pierre a fini par découvrir que le bonheur était là, près de cette jeune fille qu'il a connue enfant, et j'en ai été bien heureux, car j'ai beaucoup d'affection pour tous deux. »

M. Daquilar en écoutant son fils narrer cette histoire d'un ton calme, poussa un soupir de soulagement. Esteban n'avait pour Annette que beaucoup d'amitié et d'estime.

« Passons à l'autre, pensa l'Américain. Il y aura bientôt un autre mariage dans la famille Cardot, dit-il en écartant un peu son cigare pour mieux observer le visage de son fils.

— Un autre mariage! Et qui donc? demanda le jeune homme.

— Mais, Mlle Cardot. »

L'Américain se repentit presque d'avoir dit ces mots, en remarquant l'extrême pâleur qui couvrit le visage de son fils.

« Oh! il n'y a rien encore, dit-il; mais sa mère souhaiterait l'établir, et même elle m'a demandé si, parmi mes anciens employés, je ne connaîtrais pas un jeune homme qui pût lui convenir. »

Une vive rougeur avait remplacé la pâleur sur les joues d'Esteban et, avec une vivacité qui ne lui était pas habituelle, il essaya de démontrer à son père que Mlle Cardot n'était pas de ces jeunes personnes qui se marient par intermédiaire.

« Ta, ta, ta, répliqua M. Daquilar, il y a intermédiaire et intermédiaire; en s'y prenant avec intelligence, on peut arriver à tout ce qu'on veut. Ma foi, je n'ai rien à faire, j'ai besoin de distraction et, puisque tu ne veux pas me donner des petits-enfants, je vais marier les autres pour me désennuyer, et je commencerai par cette charmante jeune fille.

— Non, mon père, vous ne la marierez pas, dit Esteban d'un ton de voix résolu, que M. Daquilar entendait pour la première fois et qui parut à l'Américain comme un écho de sa puissante volonté.

— Et qui m'en empêchera? demanda-t-il.

— Moi, mon père.

— Parce que?

— Parce que j'ai une profonde affection pour Mlle Cardot. Si un autre doit l'épouser, qu'au moins il ne lui soit pas présenté par mon propre père.

M. Daquilar raconta à son fils son expédition.

— Comment! Eh bien! pourquoi ne l'épouses-tu pas toi-même? Est-ce que tu ne lui plais pas?

— Je l'ignore.

— Il n'y a qu'à s'en informer.

— Oh! mon père, j'aurai beau ne pas lui déplaire, je crains qu'il n'y ait entre nous un obstacle invincible.

— Ton origine? Mais tu es naturalisé Français, et bien Français de cœur.

— Ce n'est pas mon origine, mais bien votre fortune; Mlle Cardot est fière, et la pensée qu'on peut la soupçonner de faire un mariage d'argent lui sera pénible.

— Mais, encore une fois, ce ne sont que des suppositions;

il faut savoir le fond de sa pensée, et le lui demander franchement; pourquoi ne l'as-tu pas fait?

— Ah! mon père, c'est que, si elle refuse, je serai si
malheureux! Encore dernièrement, j'allais peut-être laisser
échapper, mon secret quand elle m'a parlé du mariage de son
frère avec la jeune Annette, regardant comme une première
condition de bonheur dans le mariage l'égalité des situations.

— Allons donc, si tu lui plais, elle consentira à devenir
millionnaire. D'ailleurs, il faut savoir. Si elle ne veut pas, il
sera toujours temps de te désoler : mais laisse-moi faire, je
vais tirer la chose au clair. Elle sera bien plus touchée en
voyant que c'est moi qui la désire pour belle-fille. Sois tranquille, mon ami; demain tu seras fixé. »

Esteban ne pouvait qu'accepter cette proposition.

Le lendemain, l'automobile de M. Daquilar reprenait le
chemin de la rue de Ménilmontant, et cette fois l'Américain
trouva Henriette seule.

Quand il fut devant cette jeune fille à la physionomie éner-
gique et franche, il comprit qu'il n'y avait qu'à marcher droit
au but, et il y marcha.

Il parla à Henriette des craintes qui avaient arrêté sur les
lèvres de son fils l'aveu prêt à s'en échapper.

« C'est vrai, monsieur, répondit Henriette, j'ai longtemps
lutté contre la sympathie que j'éprouvais pour votre fils. Vous
savez dans quelle situation difficile, je devrais dire dans
quelle misère, nous étions tombés après la fermeture de
l'usine de mon père. Grâce au travail de mon frère, de ma
future belle-sœur, au mien, nous sommes parvenus à nous
suffire d'abord, puis à créer une entreprise qui nous donne
déjà l'aisance et qui, dans l'avenir, nous promet quelque chose
de plus. Oui, dans dix ans, j'aurais pu me dire : Notre fortune, cette fortune que mon père avait perdue par générosité,

en répondant pour son frère, elle commence à se rétablir; nous ne devons ce résultat qu'à nous seuls, à notre travail, à notre persévérance. En épousant votre fils, je perds la joie de cette minute; c'est cette joie que je lui sacrifie, mais ce sacrifice, je sais qu'il sera compris par Esteban.

— Et mieux encore par son père, mon enfant. J'ai été pauvre moi aussi, dit l'Américain, j'ai connu la lutte, ce que mes compatriotes appellent *struggle for life*. Ce n'est pas de ma fortune que je suis fier; je suis fier des efforts de volonté et de travail que j'ai accumulés pour la conquérir. Nous sommes tous deux faits pour nous apprécier, ma chère fille, et je suis bien heureux de voir qu'Esteban, dédaignant toutes ces jeunes personnes, moitié poupées, moitié perruches, qui encombrent les salons, a fait choix d'une vraie femme qui me donnera des petits-enfants selon mon cœur, qui comprendront plus tard la grande loi du travail et la jouissance de l'effort vers le mieux, de vrais Daquilar enfin. »

Et l'Américain, attirant Henriette vers lui, l'embrassa à plusieurs reprises et repartit vers son automobile pour annoncer la nouvelle à son fils.

A sa grande surprise, Esteban guettait sa sortie près de la porte.

Au même moment, Mme Cardot revenait avec Charlotte.

M. Daquilar prit son fils sous le bras, rentra dans la maison et, séance tenante, demanda à Mme Cardot, très surprise, la main de sa fille pour Esteban, qui ne pouvait croire à son bonheur.

Il fut convenu que les deux mariages auraient lieu le même jour.

Pendant que tout se décidait, Charlotte, à qui personne n'avait fait attention, remonta dans sa chambre et, saisissant une feuille de papier à lettres, écrivit ce qui suit :

« Cher monsieur Lucien,

« J'ai reçu vos jolies cartes postales de Russie. Comme vous êtes bon de penser à moi! C'est une vraie charité, car, sans vous, je crois que je mourrais.

« Je suis bien plus malheureuse qu'au moment de votre départ.

« Si Annette et Pierre m'oubliaient à cette époque, il me restait Henriette.

« Maintenant, on me l'enlève aussi. Vous vous rappelez ce grand géant, ce M. Esteban que vous détestiez d'instinct et que moi, j'avais la sottise d'aimer parce qu'il avait soigné Pierre?

« Eh bien, il est venu demander Henriette en mariage; son père et lui vont l'emmener dans leur grand hôtel; moi, je resterai avec maman, et il n'y aura plus personne de jeune à la maison.

« J'ai le cœur si gros, si gros, qu'il me semble que je vais mourir de chagrin.

« Adieu, monsieur Lucien, envoyez-moi encore des cartes postales, vous serez bien aimable.

« Le chat gris va bien.

« CHARLOTTE CARDOT. »

XXVI

VOYAGE EN NORMANDIE

L E jour du mariage de son fils, M. Daquilar remit à sa belle-fille un chèque de trois cent mille francs pour acheter ce qui lui plairait.

Henriette avait toujours rêvé de posséder une vaste propriété à la campagne.

C'était le moment de réaliser ce rêve.

Elle en parla à son beau-père et le pria de se charger de l'achat.

« Mais encore, dit M. Daquilar, faudrait-il savoir dans quel coin de la France vous désirez choisir cet Éden.

— J'aimerais bien la Normandie. Mon frère, pendant sa convalescence, est allé chez des amis du côté de Coutances, et il a trouvé le pays charmant.

— Bien, j'explorerai ce coin. »

M. Daquilar interrogea Pierre qui lui conta l'histoire des Carrier. Il lui parla aussi des Fautras.

Le lendemain, pendant que ses enfants se dirigeaient vers la côte d'Azur, l'Américain partait pour la Normandie dans son automobile.

Avant son départ, il avait téléphoné aux diverses agences parisiennes pour savoir quels étaient les grands domaines à vendre dans la région et les noms des hommes d'affaires chargés des négociations.

Après avoir dîné et couché à Coutances, il partit le lendemain et visita les terres indiquées sur sa liste.

Son choix se fixa sur un ancien château appelé le château de la Raveine, situé à deux lieues de la mer, à quatre kilomètres de la ville, sur la commune de Bréquigny. La propriété contenait cent cinquante hectares; un très beau parc avec des ormes et des chênes plusieurs fois séculaires entourait le château. Quant au château lui-même, il était en très mauvais état et ne répondait en aucune façon aux exigences du confort moderne. Il fallait donc faire une nouvelle habitation et construire une ferme.

M. Daquilar télégraphia à son architecte de venir le rejoindre et lui expliqua ce qu'il désirait; l'architecte, après avoir soumis des plans à son client, déclara que ferme et maison d'habitation reviendraient à cent cinquante mille francs.

L'Américain se rendit chez l'homme d'affaires chargé de vendre la terre, et obtint le domaine pour deux cent mille francs.

C'était cinquante mille francs de plus que la somme inscrite sur le chèque, mais peu importait à M. Daquilar.

XXVII

LA FERME MODÈLE

Pendant que les ouvriers installaient leur chantier, M. Daquilar parcourait le pays. Il avait fait la connaissance des Carrier; il était enchanté de Marie-Louise, de la propreté, de l'ordre, qui régnaient à la Saulaie. Les baux des fermes de la Raveine étaient arrivés à leur terme, et quelques-uns des fermiers demandaient à les renouveler.

M. Daquilar, qui s'était installé provisoirement dans une aile du château, les reçut.

Ces braves fermiers normands s'étaient dit, qu'ayant affaire à un étranger peu au courant des choses agricoles, ils allaient lui conter tout ce qu'ils voudraient sur les malheurs des temps, la difficulté des affaires, et qu'ils obtiendraient un rabais considérable sur leur précédente location.

Le premier n'eût pas plutôt commencé son antienne avec un accent pleurard et traînant, que l'Américain, prenant en main son bail, lui dit :

« Voulez-vous, oui ou non, reprendre la ferme aux mêmes conditions que précédemment?

— Mais monsieur *Daquilà* doit comprendre que, à l'heure

M. Daquilar écouta leur requête.

qu'il est, le sarrasin n'a pas donné, que les animaux ne se vendent pas, que....

— Assez, assez; est-ce oui, est-ce non?

— Mais monsieur *Daquilâ* verra *bi* par lui-même qu'on ne peut pas... »

M. Daquilar impatienté prit le fermier par le bras et, le mettant dehors, lui dit :

« Mon ami, vous chercherez une ferme ailleurs. J'aime les gens qui se décident vite. »

La scène se renouvela pour les autres fermiers.

Les paysans ainsi expédiés, le nouveau châtelain de la Raveine se rendit chez les Fautras dont il avait fait la connaissance, et qu'il considérait comme d'excellents cultivateurs.

Il raconta à Fautras son entrevue avec ses fermiers.

« Je ne veux pas, dit-il, m'arranger avec ces gens-là. Il y a à la Raveine cent vingt hectares d'excellente terre. Je vais y installer une ferme modèle, et je voudrais trouver un jeune homme bien au courant de la culture, pour tout organiser, surveiller en même temps les ouvriers qui construisent, enfin un gérant intelligent. Je lui donnerai trois cents francs par mois; il sera nourri et logé, mais je vous le répète, je veux un garçon intelligent et travailleur. »

Quand l'Américain fut parti, les époux Fautras se regardèrent : une même pensée leur était venue. Cette gérance, si bien payée, serait tout à fait l'affaire de leur fils; eux prendraient un ou deux domestiques de plus si c'était nécessaire, et Toussaint gagnerait les trois mille six cents francs et, de plus, ferait quelque chose d'intéressant qui le distrairait et atténuerait un peu la tristesse qui s'emparait de plus en plus de lui, depuis que ses parents lui avaient formellement interdit d'épouser Marie-Louise.

Toussaint, consulté, répondit qu'en effet l'installation de cette

14

ferme l'intéresserait, et que si M. Daquilar l'acceptait comme
gérant, il en serait très heureux.

Voyant cela, les époux Fautras revêtirent leurs plus beaux
habits et se présentèrent à la Raveine, M. Daquilar les reçut
immédiatement et écouta leur requête.

« Votre fils, répondit-il, ferait en effet parfaitement mon
affaire s'il était marié, mais vous comprenez bien que, dans
une ferme modèle, une femme connaissant bien la culture
est indispensable. »

Les époux Fautras baissèrent la tête. Ils n'avaient pas
prévu cette objection.

« Au fait, poursuivit l'Américain, ce n'est pas un obstacle
bien difficile à supprimer. Un garçon de l'âge de votre fils
doit penser à s'établir, et il ne manque pas de charmantes
filles dans le pays. Je lui donne huit jours pour se décider. Si,
dans huit jours, il vient m'annoncer son mariage avec une
ménagère capable, comme on dit ici, je le prends pour gérant,
et comme c'est un homme qui me plaît, il aura quatre mille
francs, un chiffre rond. »

Les époux Fautras retournèrent chez eux plus silencieux
qu'ils n'en étaient partis. Quand Toussaint les interrogea,
Arthémise lui répondit que cette gérance n'était décidément
pas son affaire. Toussaint, étonné, n'insista pas.

Le soir, quand M. et Mme Fautras allèrent se coucher, le
père Fautras, qui s'était tu jusque-là, ne put s'empêcher de dire :

« Quatre cents pistoles par an, et sans rien risquer, c'est
dur tout de même de perdre ça.

— Puisque tu as un garçon qui a horreur du mariage, que
veux-tu y faire? » s'écria son irascible moitié.

En entendant ces paroles si manifestement contraires à la
vérité, Fautras jugea prudent de se réfugier de nouveau dans
le silence.

Le médecin avait arrêté son cheval.

Mais si son mari et son fils se taisaient, une voix impérieuse ne se gênait pas pour répéter à Arthémise la nuit comme le jour :

« Quatre cents pistoles par an, c'est de l'argent! Et tu n'aurais qu'un mot à dire pour que ton fils touchât cette somme. Sans compter qu'il aurait l'honneur d'installer une ferme modèle; on parlerait de lui dans les journaux du département, peut-être même qu'un jour on le décorerait du Mérite agricole. »

« Mais pour cela, il faudrait épouser Marie-Louise. »

La fière Arthémise se sentait profondément ébranlée; elle était si préoccupée, qu'en revenant d'un pré où elle était allée conduire une vache, elle n'entendit pas le cabriolet du docteur Le Cadet qui venait derrière elle.

« Gare, gare! » cria le médecin.

La fermière, absorbée dans ses pensées, ne bougea pas.

Le médecin eut toutes les peines du monde à retenir sa jument.

« Dieu me pardonne, madame Fautras, est-ce que vous devenez sourde?

— Mille excuses, monsieur le docteur, je ne vous avais pas entendu. J'étais dans mes réflexions. »

Le médecin avait arrêté son cheval.

« Vous pensez à votre fils?

— Qui vous l'a dit? s'écria la fermière surprise.

— Mais personne. Il est bien naturel qu'une mère qui n'a qu'un enfant et qui le voit malade en soit préoccupée.

— Toussaint est malade?

— Mais vous le savez bien, dit le médecin surpris.

— Du tout.

— C'est pourtant bien visible. Ma foi, madame Fautras, à vous parler franc, comme je sais que vous êtes riche, je croyais que votre fils avait été consulter à Caen. Je ne vous en voulais pas pour cela, mais je trouvais que vous auriez pu, au moins, me demander de vous indiquer un de mes confrères.

— Toussaint n'est pas allé à Caen, et nous ne le croyions pas malade. Est-ce que vous êtes vraiment inquiet de lui, monsieur le docteur?

— Ne l'ayant pas examiné, je ne puis avoir un avis raisonné, mais je le trouve très maigri et très changé depuis quelque temps.

— Je ne le croyais pas malade, mais maintenant que j'y pense, lui qui mangeait de si bon cœur autrefois, il n'a guère appétit maintenant.

— Observez-le attentivement, et un de ces jours, je passerai chez vous.

— Un instant, monsieur le docteur, dit Mme Fautras. Dites-moi si une contrariété, un chagrin quoi, peut donner une maladie.

— Certainement, et même une très grave maladie.

— On peut... on peut en... mourir? monsieur le docteur? demanda Arthémise en regardant le médecin avec anxiété.

— Hélas! oui, madame Fautras, et, à des maladies amenées par le chagrin, nous ne pouvons rien, rien absolument. »

Et le médecin, fouettant sa bête, reprit le chemin de la ville.

En rentrant à la ferme, Mme Fautras regarda l'horloge, elle marquait deux heures.

Arthémise appela son mari.

« Habille-toi, lui dit-elle, nous allons aller chez Carrier et, si tu veux, nous lui demanderons sa fille pour Toussaint.

— Ma foi, s'écria Fautras, je n'en disais rien pour ne pas

le contrarier, mais je crois que tu as bien raison. Quatre cents pistoles par an valent bien qu'on se marie.

— Il s'agit bien des quatre cents pistoles! dit Arthémise.

— Et de quoi s'agit-il donc? demanda Fautras surpris.

— Il y a que Toussaint est malade, très malade. »

Et elle raconta toute son entrevue avec le docteur Le Cadet.

XXVIII

MARIAGE DE MARIE-LOUISE

Marie-Louise était allée rendre visite à la maîtresse d'école; quand elle revint, elle fut bien étonnée en voyant la voiture des Fautras à la porte de la Saulaie, mais sa surprise redoubla lorsqu'elle entra, et que sa mère lui apprit que Mme Fautras et son mari venaient lui demander d'être la femme de Toussaint.

Marie-Louise ressentit d'abord une grande joie; puis, en réfléchissant, elle se dit qu'il devait y avoir quelque chose qu'elle ne comprenait pas, et comme c'était une fille très résolue et très fière, elle n'hésita pas à s'expliquer nettement et, s'adressant à Mme Fautras :

« Ma cousine lui dit-elle, je suis très honorée de la recherche de Toussaint et, si j'avais de la fortune, je mettrais avec joie et confiance ma main dans la sienne; mais n'ayant rien, je ne veux pas entrer dans une famille qui trouverait un jour qu'elle aurait pu rencontrer un meilleur parti pour un fils unique. Toussaint en souffrirait et moi aussi. Il vaut mieux rester comme nous sommes. »

Ce fut au tour de Mme Fautras d'être étonnée.

« Bien sûr, ma petite, dit-elle, que Toussaint aurait pu prétendre à de très riches partis, mais puisque c'est vous qu'il veut.

— Je ne dis pas que ce ne soit pas le désir de Toussaint, bien qu'il ne m'en ait jamais parlé; mais ce n'est pas le vôtre, ni celui de mon cousin. Vous consentez en ce moment, parce que votre fils refuse sans doute de se marier; mais plus tard, vous regretteriez qu'il n'ait pas fait un mariage plus avantageux, et moi, j'ai peut-être tort, mais je ne pourrais pas supporter cela. Je ne vous en suis pas moins reconnaissante d'avoir fait l'effort de renoncer à vos espérances, mais ne m'en voulez pas si je n'accepte pas.

— Ainsi vous refusez d'épouser Toussaint?

— Je vous jure, ma cousine, que si j'étais riche, je l'épouserais.

— Eh bien! vous ne l'épouserez pas, mais il n'épousera personne, car il mourra.

— Comment! il mourra? » s'écria Marie-Louise en devenant très pâle.

Arthémise raconta à Marie-Louise tout ce qui s'était passé : le refus de Toussaint d'épouser Rose Blanchard, sa déclaration quand on avait parlé de Quesnel pour Marie-Louise, enfin ce qu'avait dit le docteur Le Cadet.

« Voilà toute la vérité, Marie-Louise, poursuivit Arthémise. Nous venons donc vous dire sans arrière-pensée : Soyez notre fille, et jamais nous n'aurons un mot de regret, je vous le jure par le souvenir de mes parents. Voyez si, par amour-propre, vous voulez laisser mourir Toussaint, et nous rendre tous malheureux. »

L'amour maternel avait eu raison de l'orgueil et de l'âpreté qui régnaient autrefois dans l'âme paysanne d'Arthémise; elle implorait presque maintenant cette jeune fille, qui tenait

entre ses mains l'existence de son fils. A quoi bon la peine
qu'elle avait prise, ce labeur de toute sa vie, si son fils
mourait!

Fautras, lui, n'en pensait pas si long! Il voulait garder son
fieu, et il avait pris dans sa main calleuse la main de
Marie-Louise.

« Dites oui, ma petite, nous vous aimerons bien et Toussaint
sera si heureux! »

Marie-Louise vaincue allait céder, quand Toussaint entra
accompagné de M. Daquilar.

« Je vous amène votre fils, dit l'Américain à Fautras; je
l'ai rencontré sur la route, il était très inquiet; il s'imaginait
que vous aviez reçu une mauvaise nouvelle, et que vous étiez
partis sans prendre le temps de l'avertir.

— Mais non, dit Arthémise, nous étions venus pour voir
nos cousins, voilà tout.

— Puisque je vous rencontre, reprit l'Américain, je dois
vous avertir que ce que je vous avais dit l'autre jour au sujet
de la gérance de la Raveine est non avenu. Cette terre appar-
tient à ma belle-fille; je pensais qu'elle me laisserait le droit
de choisir un gérant, mais pas du tout, elle a tenu à le
désigner elle-même. Je n'ai qu'à m'incliner devant sa volonté.

— Et qui a-t-elle désigné? demanda Fautras tout rouge de
contrariété.

— C'est à Mlle Carrier de nous le dire, poursuivit l'Américain.

— A moi? dit Marie-Louise surprise.

— Écoutez plutôt ce qu'elle m'écrit à ce sujet, dit
M. Daquilar en tirant une lettre de sa poche.

« Je désire que le gérant de la Raveine soit le mari de cette
Marie-Louise qui m'a rendu service autrefois, qui a été si
bonne pour mon frère, et dont le père était un des contre-

maîtres les plus appréciés de mon père. Répandez ce bruit dans le pays, et les épouseurs ne se feront pas attendre. La pensée que ma propriété sera sous la garde de cette charmante fille en doublera pour moi la valeur. »

— Comme tout le monde est bon pour moi, dit Marie-Louise tout émue. Mais, monsieur, ajouta-t-elle en se tournant vers l'Américain, ne répandez aucun bruit dans le pays ; mon choix est fait : je prendrai celui qui, s'il avait été libre, m'aurait choisie pauvre. Et d'après ce que viennent de me dire mon cousin et ma cousine Fautras, celui-là, c'est Toussaint. »

Toussaint regardait Marie-Louise, regardait ses parents.

« Mère, vous consentez ? articula-t-il enfin.

— Mais oui, nous ne demandons qu'à te voir heureux. Allons, embrasse tout le monde et va faire un tour avec Marie-Louise. »

Pendant que Toussaint obéissait à sa mère, Marie-Louise examinait les joues creuses de son fiancé, son dos un peu voûté, et se promettait de le bien soigner pour ramener la belle santé d'autrefois.

La charmante fille ne savait pas que le bonheur est le plus habile des médecins.

Quinze jours après ses fiançailles, Toussaint avait redressé sa haute taille, sa mine était superbe.

Depuis que le mariage était décidé, Mme Carrier ne parlait pas plus qu'avant, mais elle avait été bien frappée de l'abnégation de Mme Fautras. Quoi, cette Arthémise si entichée de sa richesse consentait à prendre Marie-Louise pour bru ! Mme Carrier en ressentait une grande fierté comme mère, mais d'un autre côté, elle éprouvait une sorte d'humiliation en constatant que peut-être, à la place de Mme Fautras, elle n'aurait pas montré ce désintéressement.

Une lettre de Nathalie, qui refusait sèchement d'assister au mariage de sa sœur parce que cela lui coûterait trop cher, vint encore ajouter aux réflexions de Mme Carrier.

Ah! ce n'était pas Nathalie qu'on choisirait pour sa bonté, sa douceur et toutes ces qualités qui charmaient chez Marie-Louise. De même ce monsieur Daquilar n'avait pas cherché une belle-fille riche, il avait accepté avec bonheur le choix de son fils, et ce fils avait pris une jeune fille pauvre dont il avait apprécié la valeur morale.

Mme Carrier était amenée par la force des choses à reconnaître que l'argent n'est pas tout, que souvent même il ne peut rien. Avec l'énergie et la loyauté qui étaient le fond de son caractère, elle remonta dans le passé et s'aperçut de tout ce qu'elle devait à Marie-Louise. Que serions-nous devenus, pensait-elle, si Marie-Louise avait eu le caractère de Nathalie! Et en songeant à cela, elle se sentait rougir, car le caractère de Nathalie, c'était le sien. Et ce rôle qu'avait joué Marie-Louise et qu'elle avait commencé à treize ans, à qui aurait-il dû appartenir? A la mère de famille qui n'avait pas su le remplir.

A cette pensée, une honte envahit Mme Carrier. La vieillesse était venue pour elle, et aussi les réflexions qui l'accompagnent.

Habituée à compter juste, à faire des balances exactes, cette femme, en abordant l'examen de ses actes et ceux de sa fille, éclairée sans doute aussi par cette lumière de la conscience qui, chez les plus mauvais d'entre nous, se ranime toujours à quelque moment, se sentit effrayée du mal qu'elle aurait fait à tous les siens, si Marie-Louise n'avait pas été là.

La jeune fille était loin de deviner les pensées qui s'agitaient dans l'âme de sa mère. Sa tâche envers ses parents était accomplie; la route du bonheur s'ouvrait devant elle;

elle y entrait avec l'espoir, apanage de la jeunesse, avec une confiance absolue dans celui dont elle allait désormais dépendre, avec cette force intime que donne la conscience d'avoir rempli son devoir.

Une surprise bien douce était réservée à Marie-Louise. Quatre jours avant son mariage, elle vit arriver Annette. Toutes deux, en dépit de la correspondance échangée, avaient bien des choses à se raconter et, malgré les préparatifs de la noce qui absorbaient beaucoup Marie-Louise, elles trouvaient encore le temps de causer.

Un soir que les deux amies étaient assises dans leur chambre, elles entendirent frapper à la porte et virent entrer Mme Carrier tenant un petit paquet.

Mme Carrier, avec une simplicité qui n'était pas sans grandeur, raconta ce qu'elle avait éprouvé depuis la demande des Fautras, et posant sur les genoux de Marie-Louise le paquet qu'elle avait apporté :

« Voilà, lui dit-elle, dix obligations de la Ville de Paris ; je te les donne, ou plutôt je te les rends, car tu les as bien gagnées. Ne me refuse pas, ajouta-t-elle sur un geste de sa fille, je désire que cela soit.

— Oh ! mère, s'écria Marie-Louise comment vous remercier ?

— En tâchant de ramener Nathalie à de meilleurs sentiments, murmura Mme Carrier.

— Je vous y aiderai, maman, dit Marie-Louise. Papa sait que vous me donnez ces obligations ? ajouta-t-elle avec une nuance d'embarras.

— Oui, dit Mme Carrier, je l'ai consulté. L'argent est encore plus à lui qu'à moi, car il l'a gagné. »

Cette fois, Marie-Louise entoura sa mère de ses bras et l'embrassa à plusieurs reprises.

Elle sentait que sa mère, enfin dégagée de cet amour immodéré de l'argent qui altérait chez elle jusqu'au sentiment de la famille, rendrait désormais justice à son mari et saurait penser au bonheur de ceux qui l'entouraient.

Aussi, quatre jours plus tard, quand Marie-Louise partit pour la mairie et l'église au bras de M. Daquilar qui remplaçait son père infirme, aucun souci n'assombrissait son front pur. Elle laissait sa famille à la garde de sa mère, guérie par la tendresse et le dévouement de sa fille.

FIN

TABLE DES MATIÈRES

1407-04. — Coulommiers. Imp. Paul BRODARD. — 4-05.

CORBEIL. — Imprimerie ÉD. CRÈTÉ.

www.ingramcontent.com/pod-product-compliance
Lightning Source LLC
Chambersburg PA
CBHW050353030726
47503CB00006B/1830